光文社文庫

愛の保存法

平《たいら》　安《あ》寿《す》子《こ》

光　文　社

目次

愛の保存法

1

久井光太郎《くいこうたろう》と高坂《こうさか》まゆみが結婚するというメールが飛び交ったとき、友人たちの反応はおおむね二つに分かれた。

結婚式の場所と方法を話題にする。でなければ、お祝いをいくら包むかで文句を言う。

着ていくもので盛り上がるのは、女たちだ。着物を新調するいい機会だと喜ぶファッション至上主義もいれば、近々旅行するから服にまで手が回らないとこぼす現実派もいる。かと思うと、自分はあえて正装はしないとクールに言い放つ豪《ごう》の者もいて、ファッション派とちょっとした言い合いになった。

「改まることないじゃない。四度目だよ」

「何度目だろうと、結婚は結婚よ。パーティールックを着るチャンスなんか滅多にない平民のわたしたちなんだから、楽しもうよ」

「他人の結婚式で、どうやって楽しむのよ。違う相手と結婚してくれたら、招待客の中から新しい出会いがあるかもって期待も持てるけど、同じ人間がくっついたり離れたりじゃ、集まるメンバーも代わり映えしないんだから」

現在離婚中の光太郎とまゆみは、過去十六年の間に三度結婚し、その度に式を挙げている。列席者の八割は、常連である。

結婚式と披露宴はセットになっており、参加者は会費八千円を払うことになっている。そのかわり、お祝い金の類はいただきませんという建前になっているが、そこはめでたい結婚の儀である。世間体をはばかって、一万二万と別に包むマナーの鬼が必ずいる。すると「あの人がやったのなら、こっちだって」と比較して体面を重んじる者は、仕方なく財布の口を開ける。

それでなくても、嬉しくない出費だ。それが四度目となると、これは金策のための結婚ではないかと勘ぐる声が出るのも無理はない。この際、祝い金は出さないとみんなで決めようと誰かが提案すれば、それでは今回初めて出席する人が得をすることになる、不公平だと訴える意見が出る。

「いっそ、マイレージサービスみたいに参加するたびにポイントがたまって商品券と交換できるとか、何か工夫してほしいなあ」と誰かが冗談とも思えない口調で言ったものだが、まったく迷惑千万な話である。

とはいえ、同じ相手と結婚離婚を繰り返すのは法律違反ではないし、モラルに反してもいない。エリザベス・テイラーとリチャード・バートンも二回結婚している。

しかしながら光太郎とまゆみは、スキャンダルが勲章になる芸能人ではない。

光太郎は眼鏡会社に勤続十五年。今は直営の販売店中もっともグレードの高い高級店を任されている四十四歳の店長。四十歳のまゆみは、イベント企画から情報誌編集、ビデオ製作、ホームページコンテンツなど、メディア事業よろず引き受けますが売り物の〈ブリリアント企画〉取締役社長だ。二人とも人の上に立つ役職についており、十五歳になる娘の親でもある。

もちっと、立場というものを考えんかい——と、誰も意見しないのか？

奈香子《なかこ》は純白の布地や長く裾《すそ》を引くベールに埋もれてはしゃぐまゆみを眺め、ため息をついた。

お祝い金に関しては、常連組は包まないと衆議一決したが、着るものはそれぞれ前回とは違うものを身につけることだろう。文句を垂れてはいるものの、誰でも持ってはいるが着る機会がないフォーマルウェアの虫干しにはいい機会である。まゆみは会場にプロのカメラマンを待機させ、自分たちだけでなく友人たちの晴れ姿も撮影させるから、おしゃれのしがいがある。なんだかんだ言いながら、二人の結婚式は仲間たちの娯楽と化していた。

ただ列席するだけなら、奈香子もただのパーティーと割り切って何を着ていくか楽しく悩むだけでよかった。だが、よりによって披露宴の司会役を頼まれた。もっと悪いことに、引き受けてしまった。そうしたら、ウェディングドレス選びに付き合ってくれとデザイナーのアトリエに連行された。

独身女を三十六年もやっていれば、他人のウェディングドレス姿なんかヘドが出るほど見ている。しかし、どんなデザインにするかの場面に立ち会わせるなんて、まゆみは自分に何か含むところでもあるのだろうか？

奈香子は、結婚をあせっているわけではない。未婚を恥じてもいない。八歳年下の彼氏はボーイフレンドとしてはまことにけっこうだが、生涯を共にするには頼りなさ過ぎる。向こうはもとより、楽しければそれでいい、それ以上のことはごめんこうむりたいと割り切っている遊び人だ。そんな男と平気で二年も付き合っているのだから、奈香子には結婚欲がないらしい。みんながみんな、結婚したいと思っているわけではないのだ。

それでも、自分のではないウェディングドレスを見ると、気が滅入《めい》る。

奈香子は隅《すみ》っこのソファに身を沈めて、披露宴の進行プランをチェックするふりをした。

そうすれば、アトリエの中央にあるテーブルで声高にデザイナーとしゃべっているまゆみのクソいまいましい姿を見ずにすむ。しかし、まゆみは奈香子の仏頂面《ぶっちょうづら》など歯牙《しが》にもかけない。

「ねえ、奈香子の意見聞かせてよ。ハイネックは清らかな感じで素敵だけど、かなり細くないときれいに見えないと思うのよね」

「やせれば。ブライダルエステ、やってるんでしょ」

奈香子は冷たく答えた。年上のまゆみに、ため口をきく癖がついている。だって、友達だから。

奈香子は市役所の観光課に勤めており、まゆみとは五年前、行政がらみのイベント企画で知り合った。立場としては、発注元に当たる奈香子のほうが上だ。だから、利害関係を考慮に入れるなら、まゆみのほうが奈香子の顔色をうかがい、機嫌をとるべく心を砕くのが筋だ。それなのに今、奈香子はまゆみの都合に引きずり回されている。だって、友達だから。

感情的な自分とは正反対に、奈香子は冷静だ。だから、そばにいてもらうと安心する。まゆみにそう言われて、相談があると呼び出されては食事をおごられながら愚痴を聞いてきた。そのうち、家に招待され、家庭の事情を全部明かされて、挙げ句の果てに披露宴の司会役を頼まれた。

奈香子は快諾した覚えはない。それどころか「なんで、わたし？」と、迷惑気分をはっきり表現したはずだ。

まゆみの会社には、地元のテレビ局でレポーターをするタレントもどきが何人か所属している。彼らを使えばいいではないかと進言したが、絶対にイヤだと拒否された。

「うちにいるのはテレビに出たいだけのパーばっかりだから、大勢の人を前にすると本能的に自分を売り出そうとするのよ。司会者にはあるまじき態度よ。結婚は神聖なものだもの。今までも司会はわたしたち二人をよく知っている友達にやってもらってきたのよ。で、今度は奈香子にお願いしたいの」

自分がテレビに出たいだけのパーで、女子大生の頃からオーディションに出まくってレポーター役を勝ち取り、それをきっかけに二十代の間は「テレビタレントでございます」とメディア関係に売り込んでいたくせに。もっとも、プロダクションを経営するところまで成り上がったのだから少しは頭が働くと認めなければならないが、まゆみを見ていると成功するために必要なのは才能や聡明さではなく、動物的なカンなのではないかと思えてくる。

まゆみには、頼まれたら断れない性分《しょうぶん》の人間をかぎ分ける能力がある。そして、ひたすらゴロゴロとのどを鳴らして、おねだりし、お願いし倒して思いを遂げる。奈香子も、断れないのを見抜かれた口だ。

「司会役は奈香子がいいの。ドレスアップしたきれいな奈香子にスポットライトを当てたいし。ねえ、一生のお願い」と鼻声を出され、口の中でグズグズ文句を言っているうちにそこら中に触れ回られて、あとに引けなくなった。

年上のまゆみに向かってため口をきくとはいえ、奈香子は常識をわきまえている。急に病気になって入院してもよかったし、海外旅行計画をでっちあげることもできたが、それではズルをしたのが見え見えだ。常識人の奈香子としては、掃除当番の順番が回ってきたような義務感から引き受けざるを得なかった。

ああ、常識があるって、損。常識って制約だもの。掟《おきて》破りの非常識人間に勝てるはずがない。

「エステやってらっしゃるんだったら、これ、十分いけますよ」

奈香子の言葉をうけて、五十代とおぼしき金髪メッシュのデザイナーが猫撫で声を出した。

「やってるけど、見てよ、このデザイン。こんなのきれいに着ようと思ったら、四十キロ以下まで減らさないと無理よ」

まゆみは椅子ごと奈香子のほうに振り返り、モデル写真を突き出した。受け取って見てみると、確かにハイネックのドレスを着たモデルは鶴のように細くて長い首をしている。しかもそのドレスは、袖《そで》も胸元もウエストもぴたぴたに細い。往年のオードリー・ヘプバーンなら、さぞかし美しく着こなすだろう。しかし、まゆみは……。

ボディスーツのおかげでスラッとしているように見えるが、それはあくまでスーツ着用の場合だ。二の腕やウエスト、そして腹は、ぷっくりしている。エステに通っているといっても、仕事がらみの飲み食いが週に五日はあるという日常では、劇的にやせるのは無理だろう。

「じゃあ、肩出しにすれば」

「だけどね」と言うが早いか、まゆみは着ているブラウスのボタンをバラバラはずした。

「肩出すと、こういう感じよ」

襟《えり》ぐりをぐいと引き下げ、ついでにスリップのストラップまではずした。部屋にいるのはデザイナーとアシスタントに奈香子、女ばかりだ。だからといって、いきなり脱ぐか。

デザイナーたちは平気な顔をしている。考えてみれば、ここは仮縫《かりぬ》いをする場所でもある。客が半裸になるのは珍しくない。だが「ちょっと失礼」くらい言ってほしい。奈香子は、まゆみのこういう傍若無人《ぼうじゃくぶじん》なところが嫌いだ。自分のしたいようにすることで他人がどんな思いをするか一秒たりとも考えないばかりか、顔色を読む気配もない。悪気がないではすまされない。

「ほら、セクシーすぎるでしょ。結婚式の神聖な雰囲気には、そぐわないんじゃない」

二言目には「神聖」「神聖」。その言葉にそぐわないのはドレスじゃなくて、おまえ本体だろうが。自覚しろ。奈香子は腕を組んで三白眼で睨《にら》み上げ、はっきり言ってやった。

「今さら初々《ういうい》しさを強調するのも、どうかと思うけど」

「あー、そう来ると思った」

まゆみはさばさばと、ブラウスのボタンを留めた。

「わたしだけがそう思ってるんじゃないわよ。四度目よ。花嫁衣装着ること自体、図々しいって言う人だっているんだから。そのこと、ご存じでした？」

奈香子はデザイナーに話を振った。デザイナーは微笑んだ。

「ええ、一応。前に着たのとはまったく違うデザインにしたいということで、お写真も見せていただきました。私ども作り手にとっては、過去を上回るものにしなければという意欲の湧くお仕事です」

にこやかな営業トークに、まゆみが頷《うなず》いた。

「でしょう？　何度目だろうと、結婚は神聖なものよ。ワクワクドキドキするわよ。結婚ズレしてたら、花嫁衣装なんか作らない。新しい出発をする決意があるからこそ、厳《おごそ》かに式を挙げ、友達に披露するのよ」

「まゆみさまは社長で、いわばＶＩＰですものねえ。それなりの高級感を出したいと私も張り切っておりますのよ。素材に凝《こ》って、デザインはシンプル。パーティードレスとして着回せるように、贅沢《ぜいたく》でいながら飽きのこないものを作らせていただきます」

「といっても、お金に糸目はちゃんとあるんだけどね」

「承知しておりますとも」

高らかに笑いながら牽制し合っている女二人の毒気に当てられ、奈香子はうんざり、天を仰いだ。

光太郎は、なんでこんな女と結婚するんだろう。それも、四度も。

まゆみがでしゃばりで話題の中心になっていたいタイプだということは、周知の事実だ。四度の結婚も「あのまゆみなら、さもあろう」と、周囲は違和感なく受け入れている。しかし光太郎は、いつ見ても安定したピースフルな笑顔を崩さず、店のスタッフに慕《した》われ、客の評判もいい、分別のあるまともな男だ。それなのに、この奇妙な関係に甘んじていることで仲間内では男を下げている。

まゆみに引きずられる軟弱者。いや、ああ見えて、軽薄なお祭り野郎なんだよ。というより、理解しがたいが、まゆみに心底惚《しんそこほ》れてるんだろうねえ。そうした噂話には、必ず嘲《ちょう》笑《しょう》が混じっている。

しゃれた眼鏡の奥の目元にいつも笑いじわをたたえた、口髭《くちひげ》の似合う静かな男。

光太郎の顔を思い浮かべると、この場にいる不快感がさらに増した。

何度も結婚し直すのは構わない。しかし、いちいち人を集めて式だの披露宴だの大騒ぎをやらかすのは、どう考えても愚行だ。まゆみの暴走を止める力も、その気もないのか。男のプライドはないのか？

彼は、もっと毅然《きぜん》としているべきではないか。

いつの間にか奈香子は、まゆみではなく光太郎を責めている。

2

三日後の夜、披露宴の打ち合わせをするため、まゆみのマンションに呼ばれた。約束の七時に行くと、出迎えたのは光太郎だった。光太郎は車で十分の距離にある彼の生家に住んでいる。まゆみのほうは離婚するたび、新しい賃貸マンションに住み替えてきた。一人娘の明日香《あすか》の親権はまゆみが持っているが、どちらで暮らすかは本人の意志に任されており、主に父親の家にいるらしい。

ブルーのシャツにアランセーター、ジーンズという大学生のような格好の光太郎は、奈香子を迎え入れると膝まで頭を下げた。

「振り回してるんだろう。申し訳ない」

四角いフレームの目尻側が微妙に吊り上がった、しゃれた眼鏡をかけている。その眼鏡ごしに、こちらをじっと見つめてくる。怒ったらどんな風になるのか想像がつかない、もっと言えば何を考えているかわからないぼんやりした顔つきの男だが、見つめるときには口元が引き締まる。

眼鏡を売るとき、この客の顔にはどんなフレームが似合うか、じっと見つめる。そのせいで、普段でも無意識のうちに、二、三秒黙って相手を見つめる癖がついた。以前、そう説明された。それでも、これをやられるといつもドギマギしてしまう。

まゆみと知り合ってすぐに、彼の店に連れていかれた。普段はコンタクトを使っているが、奈香子は近視だ。値段が高いのでひやかしのつもりだったが、結局フランス製だとかいうフレームだけで三万もする眼鏡を買う羽目になったのも、試しにかけてみた顔を光太郎にじっと見つめられ、それが一番似合うと言われたからだ。確かにいい眼鏡だったけれど、レンズ込みで八千円の普及品ですませるつもりだったのに思わぬ散財をした。はた迷惑な眼差《まなざ》しなのだ。

「司会役は当番制みたいね」

奈香子は冗談めかして皮肉を言い、目をそらしてさっと光太郎の横をすり抜けた。

リビングに入ると、シチューのいい匂いがした。大型テレビの前のソファにいた明日香が振り返り、「いらっしゃーい」と手を振った。この娘は、結婚離婚を繰り返す両親のことを、本当はどう思っているのだろう。とりあえず奈香子に向ける顔は、ありきたりの愛想笑いで繕《つくろ》われている。

「あ、初めまして」

明日香の隣にいた若い男が立ち上がり、軽く頭を下げた。

「彼、島村《しまむら》くん。やっと見つけた司会の相方よ。あなた、早くちゃんと紹介して。わたし、今、手が離せないから」キッチンカウンターの向こうから、エプロン姿のまゆみが鍋つかみをはめた両手を振った。

「明日香、こっち来てサラダボウルにニンニクすりつけるの、やってよ」

「手が臭くなるから、やだ」

「洗えばいいでしょう。そんなこと言ってたら、料理できないわよ」

「ママだって、いつもは料理なんかしないじゃない」

「いつもはしないけど、いざとなったらできるの。しないと、できないは、全然違うんだからね。文句言ってないで、来いってば」

「人が来ると母親面するんだから」

ふくれっ面でキッチンに向かう明日香の頭を、すれ違いざまに光太郎が軽く撫でた。

人前で口喧嘩《くちげんか》できるのだから親子関係はいいほうかもしれないと、奈香子は思った。少なくとも、何の問題もない仲のいい親子ぶりを見せられるよりましだ。

「島村くんはうちの会社の有望株でね。前のとき、受付をやってくれてたんだよ。覚えてないかな」光太郎が島村の横に立ち、軽く彼の肩を叩いた。

ボタンダウンシャツにブレザーという服装はトラッドだが、髪の毛はひと固まりずつねじっておっ立てたドレッドヘアだ。そのうえ、黄色いフレームの眼鏡をかけているところはどう見ても若手漫才師である。明日香が嬉しそうに横にはべるわけだ。

わたしはこいつと組むわけか。ガッカリした自分を、奈香子は嗤《わら》った。

司会は男女のペアというのが、まゆみの決めたルールだった。再婚のときは、当時本当に恋人同士だった二人。再々婚のときは、頃合いのシングルをまゆみが選んで組み合わせた。その二人はその後、一時付き合っていたらしい。まゆみは「奈香子にもこれをきっかけに幸せになってほしいから、いい人を見つけるわよ」と言っていた。

そうやって気遣っているところを見せたいのだろうが、一人合点を押しつけるのは悪い癖だと鼻白んでいた。それなのに、相手の容姿に失望するなんて。奈香子は自嘲を込めて、形だけの笑顔を島村に向けた。

「島村くんは年上の人が好きなのよね。奈香子も日頃、役所で堅くてつまらない男ばっかり見てるだろうから、こういう訳わかんない人のほうがいいと思って」

まゆみがシチュー鍋を運びながら、弾んだ声で言い訳した。

「訳わかんないはないよ。島村くんは、頭もセンスもいい有能な青年だよ。このヘアスタイルも、眼鏡との相性を身をもって見せるための営業戦略なんだから」

ソファにかしこまる島村の横に腰を下ろして、光太郎が弁護した。奈香子は微笑みを維持しつつ、名刺を渡して儀礼的に挨拶《あいさつ》した。島村は奈香子の顔をちらりと見、名刺に目を落とし、バタバタとポケットを探って自分の名刺を出して渡すときに、またちらりと上目遣いをした。

眼鏡を売る人みんなに見つめ癖がつくわけじゃないんだ。奈香子は落ち着きなく視線を泳がせる島村を見て、そんなことを思った。

シチューとサラダとサフランライスという夕食を食べている間は、もっぱら四度目の結婚式に関する周囲の反応を話の種にした。

過去三度同じカップルの結婚と離婚の届を受理した役所の戸籍係では久井の名前は有名で、夫婦の友達である奈香子は毎年、仕事始めの日に「今年、あの二人はどうするのか」と訊《き》かれるのが習慣になっていた。

「今度訊かれたら、結婚というものを真剣に考えればこそこうなるんだってこと、説明してくれる？」

まゆみが身を乗り出した。

「理解しづらいのは承知のうえよ。でも、ちゃんとした考えがあってのことだ、くらいはわかってほしいわ。奈香子には、もう話したわよね」

「ええ」

納得はしてないけどね。心で本音を言うと、顔は平静を保てる。無表情から冷淡さを見抜くのは難しくないが、人の顔色を読まないまゆみは平気で島村に話しかけた。

「じゃあ、島村くん。聞いて」

意見が合わないとか、もう一緒にいられない、他の誰かを愛した、そんな問題を抱えつつ、表面を取り繕って家庭内離婚を通している夫婦は驚くほど多い。その歪《ゆが》んだ関係が、社会性の欠如した問題児を産む温床になるのだ。

共に暮らせないとわかったら、別れる。それが相手を傷つけない正しい方法だ。そして、一人で生きていくうちに適切な人と出会ったら、結婚する。自分たちの場合、たまたま相手が同じになっているだけのことだ。それぞれが別の素晴らしい人と出会っていたら、そっちと結婚しただろう。

思うに、自分と光太郎は、離れるたびに一皮むけて違う人間になった。もしくは、相手を再発見できるまでに成長したのだ。弱いところだけでズルズルつながっている腐れ縁のカップルとは質が違う。人生と真面目に向き合い、別れるときも結ばれるときもきちんとけじめをつけようという潔癖《けっぺき》さが、役所への届け出という形を取らせるのだから、自分たちのしていることは恥ずべき行為ではない。

　夕食の席は、まゆみの演説会場になった。さすがに各方面に弁解し続けているだけあって、スイッチが入ったら止まらないテープがセットしてあるみたいだ。愛想笑いを浮かべてしきりに頷く島村以外は、うつむいて食事に専念した。

「子供のことを考えろって説教されるけど、明日香にとってみれば、知らない人がパパやママになるよりいいでしょう」

「普通に結婚してるほうがいいと思うけど」

　シチューからカリフラワーを取りのけながら、明日香はぶすっと言った。島村が小さく吹き出した。

「あんたは家庭内離婚してる仮面夫婦の家庭がどんなものか知らないから、そんなこと言うのよ」

　まゆみは声をひきつらせた。自分の正しさに固執しながらも、罪悪感を刺激されて気弱になったのがわかる。

「わかってるよ」明日香のほうが、仕方なさそうにとりなしにかかった。

「別に実害ないもの。殺してやりたいほど二人のこと憎んだりしてないから、安心していいよ」

「結婚式用に、服買ってあげたじゃない」

「だから、わかってるって。結婚したり離婚したりしてること、友達、誰も知らないし」

食卓に沈黙が流れた。知られたら恥ずかしいと思っている明日香の本心が見えた。そんなの、当たり前じゃないか。わたしが明日香だったら、やっぱり隠す。奈香子は何も聞かなかったような顔で、ワインを口に運んだ。グラスを置くと、すかさず光太郎がワインのボトルをつかんで注ぎ足した。反射的に顔を向けると、またしてもじっと見つめる目がそこにあった。

まゆみが黙り込んだことに音《ね》を上げたのは、明日香だった。

「デザート、ママの部屋で食べていいかな。友達に電話したいし。パパとママがちゃんと親やってくれてること、わかってるから。話重くしないで、さらっとしてるのも嫌じゃないよ」

気まずさをごまかすためか、わざと明るい声で言うと返事を待たずに席を立ち、奈香子と島村に中途半端なお辞儀をして部屋を出ていった。

「できた子ね」奈香子は、皮肉を含めて言った。

「親がダメだと、子供は早く大人になるみたいだね」

光太郎が笑いながら答えたが、まゆみは「あの子には一番わかってもらいたいと思ってるから、普通の家庭の何倍も夫婦とか親子の関係について話し合ってるもの」と、真顔で言い張った。

話し合ってるんじゃなくて、有無を言わせず自分だけしゃべってるんでしょうが。心の中で突っ込んで、奈香子は「なるほどね」と感心してみせた。

そのとき、まゆみがあっと声を上げた。そして、宙に目を据えた。

「今、明日香が言ったこと、披露宴でみんなに聞かせたいわね。そうだ。それでいこう。ちょっと、みんな、本格的なミーティングに入ろうよ。片づけは後でやるから、そっちのテーブルでさ」

先に立ってリビングのテラス側にあるコーヒーテーブルに向かい、そこに広げっぱなしになっているレポート用紙にかがみこんだ。

「あの子、なんて言った。あなた、覚えてる?」

「パパとママがちゃんと親やってるのはわかってるって。だけど、明日香のことを表に出すのは賛成できないな」

光太郎は奈香子と島村に移動するよう目で合図し、自分は重ねた皿をキッチンに運びながらあくまで穏やかな声で言った。

「だけど、本人がああ言ってくれてるんだもの。わたしたちの決断が間違ってない証拠になるじゃない」

奈香子は小さなゲップをもらした。まゆみの肥大した自意識のおかげで、消化機能が妨《さまた》げられたらしい。

「島村くんは前回受付やってくれたけど詳しいことはよく知らないと思うから、まず経緯《けいい》を説明するわね」

まゆみは立ち上がると、A3サイズの紙を広げて壁に貼り付けた。それは二人の結婚年表だった。そして、いつのまにか携えた指示棒をすらりと伸ばし、最上段に書かれた1989年という文字を叩いた。最初の結婚年である。

花飾りが顔の縁に垂れ下がるベールをつけたまゆみが、幸せで腰が抜けそうと言わんばかりに傍《かたわ》らの光太郎にべったり寄り添う写真が貼られていた。まゆみは満面の笑み。蘭のコサージュを胸につけた光太郎は「満更《まんざら》でもない」といったニヤけ顔である。

このとき、まゆみは二十四歳の駆け出しレポーター。光太郎は二十八歳で大型ショッピングモール内の店舗で店長として働いていた。サングラスの取材で知り合い、あっという間に恋に落ちて一年経たないうちに結婚したと、まゆみは説明した。

仲間内では、松田聖子に憧《あこが》れ二十五までに結婚してワーキングママになると心に決めていたまゆみの一目惚れによる大攻勢に、光太郎が呑み込まれたというのが定説である。その証拠に、光太郎の母親は生涯この結婚は不本意だと口にも態度にも出していた。気の強いまゆみは正面から姑《しゅうとめ》と闘い、予定通りに娘をもうけ、仕事も続けた。そして、六年後に離婚した。

その理由は、姑との軋轢《あつれき》に疲れたとも、まゆみが三十で興《おこ》した事業に専念したいためとも言われている。どちらもまゆみが自分で誰かれなくしゃべったことだが、年表にはただ一行、1995年離婚とだけ記してあり、まゆみの解説は「わたしは会社を興したばかりで、家庭との両立が難しくなってきた。光太郎のいい奥さんでいられない罪悪感に耐えられなくなって、わたしよりいい人を見つけてほしいって頼んで無理やり別れたの。今思うと、完璧であろうとし過ぎたわたしの勇み足ね。光太郎はこのままでいいって言ってくれたのに」

そこで、まゆみは涙っぽい目で光太郎を見た。光太郎はふっと笑って、うつむいた。照れ隠しらしい動作に見えるが、本心は不明だ。奈香子は横目を使って彼の表情を探った。

「ところが離婚したら、今度は家族を捨てたっていう罪悪感で一杯になった。わたしは間違ってた。それに気付いて」

1997年再婚の欄を、まゆみの指示棒がぴしりと指した。

「わたしはもう企画のプロだったからね。手作り披露宴事始《ことはじ》めが、この年なわけ」

今度の記念写真では、ティアラをあしらったダイアナ妃もどきの装いのまゆみと、シルクハットと手袋を片手に持ったイギリス紳士風の光太郎の真ん中に、ピアノの発表会みたいなピンクのサッシュ付きワンピースを着た七歳の明日香が立っている。

「このときは、介添人役の明日香が可愛くて、みんな泣いちゃったの。感動的だったわ」

まゆみはうっとりと写真を眺めた。

しかし、その下に1998年、離婚の文字が。再婚は一年しかもたなかったのである。

「お義母《かあ》さまが脚を悪くされてね。思うように動けない鬱憤《うっぷん》を、わたしにぶつけてきたの。痛いもかゆいも、全部わたしのせいにされたわ」まゆみは、しんみりと島村に言った。

お義母さま。奈香子は小さく唇を動かして、口真似をせずにはいられない。当時、知り合ってまもない奈香子が面食らうのも構わず、まゆみは「死に損ないのクソババア」がいかに自分をいじめるか、あけすけに愚痴ったものだ。結婚するんなら、母親のいない男となさいよ。まゆみはそこまで言った。母親が生きてるうちは、男は絶対、妻のものにならないんだから。

奈香子にそこまでさらけ出した過去など、どこ吹く風。今のまゆみは芝居っけたっぷりに「今度は光太郎が、このままではわたしが可哀想だから別れようって」と声を落とすのだ。

「明日香が母親とおばあちゃんの板挟みになったしね」と、光太郎の補足説明がついた。

「ふぅーん。夫婦って、大変なんですね」島村が適当な相づちを打った。

「実際、わたしも倒れたのよ」

その現場には、奈香子も居合わせた。打ち合わせをしている最中、立ち上がった途端に昏倒したのだ。救急車で病院に運ばれたが、発作性自律神経性失神ということで十分ほど安静にしたらケロリと治った。一過性の脳貧血症状らしいが、その後、発作性自律神経性失神は、まゆみが「繊細な神経を持つ自分が、いかに過酷なストレスに耐えているか」を訴えるときの武器になった。だけでなく、こうして離婚の言い訳にも花を添えている。

「でも、お義母さまが亡くなってね。お葬式に出たとき、光太郎を見て、わたし思ったの。わたしがこの人を支えなくちゃ」

しかし、喪中《もちゅう》に結婚ははばかられるということで、一周忌明けの2000年に再々婚。まゆみは三十五歳、光太郎は三十九歳になっていた。

このときの記念写真がすごい。初めての和装である。綿帽子からちらりと見える紅の唇を嚙《か》みしめたまゆみが、豪華な打ち掛けの胸元に姑の遺影を抱きしめている。その横に立つ紋付きを着た光太郎もしごく神妙な面持ちで、振り袖を着て薄化粧を施した十歳の明日香の肩に手を置いている。

「あ、これ、僕が受付したときのですね」島村が身を乗り出した。

「でも、あのときはまだ新入社員で、会社の付き合いとしてやっただけなんで、こういう事情があったなんて知らなかったですよ。久井さんともあの頃は、個人的に親しくなかったですし」

「そうだったね」今度は光太郎が適当な相づちを打つ番だ。

奈香子は、このときの模様をよく覚えている。あれほど悪口を言っていた姑の遺影を片時も離さず、あまつさえ親戚が繰り広げた義母の思い出話に嗚咽《おえつ》まで漏らすまゆみのパフォーマンスに呆れ返ったからだ。久井家の嫁姑バトルは有名だったはずだ。それなのに、もらい泣きする出席者が大勢いたことにも驚いた。愛憎を超えたという感慨か、それとも単なる集団ヒステリーか。

しかし、姑という異物が消え去り大団円のはずの結婚生活は、またしても破綻《はたん》する。

２００２年、離婚。

「これは言うなれば、中年の危機ってやつね。この際、正直に言っちゃうけど、光太郎が浮気したの。で、わたしが切れた。明日香の中学受験でピリピリして、余裕がなかったのも原因。光太郎が悪いけど、我慢できなかったわたしもいけなかった。てことで、よく話し合って、今回結婚し直すことにしたわけよ」

「相手の女とは、どうなったんすか」島村が、思わずという感じで質問した。

「別れたよ」

光太郎はあくまで穏やかに、島村の目を見てさらりと答えた。

「あ、そりゃ、そうっすよね」

一同揃って共犯者的な空笑いで、その場をごまかした。

「というわけで、過去三度にはそれぞれストーリーがあったわけ。一度目は一般的な話だから置くとして、二度目は若すぎた二人が成長してめでたく元の鞘《さや》に収まるまで。三度目は二人を引き裂いたお義母さまの死が再びわたしたちを引き寄せたという運命のドラマ。で、四度目をどうするか。コンセプトは、もう言ってあるわね」

まゆみは、奈香子に目を向けた。さあ、答を言ってちょうだいと顔に書いてある。

「結婚の神聖さ」

仕方なく奈香子が口に出すと、大きく頷いた。

「それをアピールするためには、わたしたちのここまでの歩みをさらけ出すしかないと思ってるの。つまり、たった今ここでやったことをもう少し洗練させて、披露宴のメインイベントにするわけ」

まゆみは上気した面持ちで指示棒を握りしめ、みんなの顔を見渡した。

「普通の結婚式なら、カップルが結ばれるまでの過程をおもしろおかしく流すだけ。だけどわたしたちの場合は、家庭と仕事の両立とか、義理の親との関係とか、子供のこととか、結婚の現実と向き合って、挫折しては乗り越えてきた歴史なわけよ。それをドキュメンタリー仕立てにしたら、結婚ってなんなのか、みんなで見直す機会になるじゃない。出席する人たちだって、ほとんどが酸《す》いも甘いも嚙《か》み分けた大人だもの。ただ、おめでとうを言い合うだけのありきたりの披露宴よりも意味があると思うわ」

しばらく、誰も反応しなかった。奈香子はバカバカしさの極北に舞い降りた気分でニヒルを決め込んだが、島村は場の空気に合わせると決めたらしくキョトキョトみんなの顔色をうかがっている。光太郎はいつもの何を考えているのかわからない茫漠とした表情で、遠くを見ていた。

まゆみはおどけた仕草でソファにへたりこんだ。

「ねえ、誰かなんとか言ってよ」

「明日香をだしにするのは、やめてほしい」

ややあって、光太郎が静かに言った。

「でも、無視はできないでしょ。あの子の存在はポイントだし」

「明日香は微妙な年頃だ」

「それは、わかってるけど」

まゆみの声が弱くなる。奈香子は、はっとした。まゆみが退《ひ》いている。こんなのは初めて見た。でも、決めたことを覆《くつがえ》しはしないだろう。それでは、まゆみでなくなる。

光太郎は両手を合わせて口元を覆《おお》い、目を閉じた。彼はまゆみを見つめない。奈香子はそのことに気がついた。彼は、乗り気じゃないいんだ。

「結婚式なんて、やめれば」

光太郎を見ながら、そう言った。光太郎は目玉だけ動かして、奈香子を見つめ返した。

あなたの気持ちを、わたしが代弁してあげる。奈香子は目を丸くしているまゆみに向き直った。

「友達だから、はっきり言うわよ。いくら結婚の神聖さをアピールしたくても、わたしたちのこれまでをご覧ください、みたいな自己顕示欲全開のショーで人が感動すると思う？　そちらにはそちらの理屈があるだろうけど、わたしも含めて周囲にいる者は、結婚をおもちゃにしてる大人子供のパーティーだとしか思ってない。あなたが言うとおり、わたしたちはいい歳の大人だわ。だから割り切って、遊びに参加してるのよ。そんなところに結婚の神聖さを持ち出しても、笑い話になるだけ。まゆみさんはそれでもいいかもしれないけど、明日香ちゃんには笑ってすませられることかしら。何度も結婚するのは構わないわよ。二人の間のことなんだから。だけど、届を出せば十分でしょう。人を巻き込むのは、そろそろ考えたほうがいいんじゃない」

わ、気持ちいい。

言わずに溜めておいた間中、想像上のまゆみに批判をぶつけてきた。あれが練習になっていたらしい。一度も言い淀《よど》まず、つっかえることもなく、長広舌《ちょうこうぜつ》を振るえた。奈香子は思わず、会心の笑みを浮かべた。

またしても、誰も何も言わなかった。しばらくしてまゆみが、呻いた。

「ドレス選びまで付き合っといて、今になってそんなこと言うなんて、ひどいじゃない」

「他人事《ひとごと》だったからよ。だけど、ここに来て明日香ちゃんの様子を見たら、ほっとけない気分になった。だって、あの子、あなたたちが何度も結婚してること、友達に隠してるのよ」

本当は光太郎の顔を見て、なのだが、明日香にすり替えた。他人の自分が明日香を思いやっている。そういうポーズをとるのは、想像以上の快感だった。この流れでは、まゆみが悪者だ。その場その場の力関係に敏感なまゆみの顔が、みるみるうちに強張《こわば》った。

「いいわ」低い声で言うと、立ち上がった。

「だったら明日香を呼んで、あの子に決めさせましょう」

明日香の部屋に向かって歩き出したとき、光太郎が「よせ」と押し殺した声で引き留めた。

まゆみは凍りついたように止まった。

「僕が話してくる。ここに引き出して、みんなの前で答を出させるような真似はするな」

そして、まゆみの脇をすり抜け、すっと出ていった。なぜか島村がついていく。島村は振り返りながら携帯を見せ、「すいません。ちょっと呼び出しがあって」と言い訳した。部屋には、まゆみと奈香子だけが残った。

まゆみはソファまで戻ってくると、どさりと腰を下ろし、ふんぞり返った。

「あんな言い方、しなくてもいいじゃない」

「妻より娘をとったって感じね。でも、光太郎さんが正しい」

本心をぶちまけてスッキリした奈香子は、気まずいシチュエーションに居直った。まゆみは、怒らせてまずい相手ではない。本当の意味での友達ですらないのだから、これ以上気を遣う必要もない。大体、非常識が常識に足をすくわれるのは、当然の報《むく》いではないか。

「わたしのこと、嗤ってるでしょう」

まゆみに妙に冷静に図星を指され、奈香子は聞こえないふりをした。

「みんなにどう思われてるかくらい、知ってるわよ。だけど、こうでもしないと」まゆみは胸に抱いたクッションに顎を埋め、黙り込んだ。

中途半端に言葉を呑み込むなんて、らしくない。頭に浮かんだことは片端から外に出し尽くすのが、まゆみだ。

「こうでもしないと、なんなのよ」

気になった奈香子が先を促すと、まゆみは唇をとがらせ、クッションのほつれ糸を指にからめた。

「光太郎ってね、先天性愛情欠乏症なの。一緒に暮らしてると、どんどん冷めていっちゃう。だけど、ちょっと離れてみせると、わたしのこと見直すのよ」

どういうこと？　奈香子はクエスチョンマークを顔に浮かべて、説明を求めた。光太郎の素顔には興味がある。まゆみは珍しく、考え考え、しゃべった。

「よく、冷却期間を置くっていうでしょう。精神的に距離を置くだけなら、気持ちを冷蔵庫に入れて冷やすだけ。でも、離婚の効果はもっと強いの。言ってみれば、愛情を冷凍庫に入れるようなものなのよ。ほら、アイスノン枕。あれみたいに、あったまったらグズグズになって使い物にならないけど、冷凍庫に入れてしばらく置いたら、ガッチリ固まって機能復活。しばらくは快適に暮らせるの。愛情を熱冷まし枕にたとえるの変だけど、冷たいのが気持ちいいところが光太郎そのものだから」

まゆみは少しはにかんでみせたが、奈香子はポカンと口を開けた。アイスノン枕？　ゆるんだ関係を復活させるため？

それが真相だとしたら、この結婚はどうしたって、神聖どころか冗談そのものだ。

「それ、つまり、光太郎さんも同じ考えってこと。二人とも、わかってやってるの？」

「確かめたわけじゃないけど」

まゆみはからめた糸を強く引っ張った。すると、クッションの縫い目が一気にほどけて、小さなビーズが彼女の膝になだれ落ちた。まゆみは小さく舌打ちをし、今度はそれをすくってクッションに戻し始めた。

「彼ってモテるのよ。わたしと離婚してる間に、他の女と結婚するチャンスはいくらでもあった。だけど結婚相手は、いつもわたし。それはわたしが冷凍保存の手間暇を惜しまないからとしか思えないじゃない」

まゆみは傍らのベンジャミンの根元に、ビーズ入りのズダ袋と化したクッションを押し込んだ。そして、高く脚を組んで鼻を鳴らした。見慣れた姿だ。取引銀行に尊大になぶられたとき。持ち込み企画を鼻であしらわれたとき。まゆみは傷つけられたときほど、ふてぶてしいポーズをとる。

「驚いた。光太郎さんがあなたにベタ惚れで引きずられてるってみんな言ってるのに、ほんとは逆だったんだ」

「そればっかりじゃないわよ」弱いところを突かれると反発するまゆみは、すぐに言い返した。

「わたしだって、別れるたびに今度こそ一人で生きてみようと思うのよ。本当に愛し合える人と巡り逢えるかもって願望もあったし。こんな風に一方的にじゃなくさ」

まゆみは今度はソファの上で膝を抱え、ペディキュアをいじりだした。姿勢って気持ちが形になるんだと、奈香子は思った。背中を丸めたまゆみからは、ふんぞり返っていたときのしたたかさがきれいに消えている。

「でも、だめ。わたしは一人が耐えられないし、仕事してても新しい出会いなんか、ほとんどないもの。身近にいるのは光太郎だけ。で、離れると、光太郎が前より恋しくなるのよ。それに、やっぱり離婚してると、他の女にチャンスを与えることになるでしょう。あわよくば人に獲られる不安感を光太郎にも感じてもらおうと狙ってるのに、自分が真っ先に罠にはまっちゃうのよ。何度やってもね。それで、愛されないのわかってるのに、戻っちゃう」

「――でも光太郎さんだってあなたを受け入れるんだから、愛の冷凍保存作戦は成功してると見ていいんじゃない。自分でも、そう言ったじゃない」

そんなつもりはないのに、まゆみを慰める口調になった。まゆみは苦笑いをした。

「ちょっとはね。だけど、ほんとのほんとは明日香のおかげ。愛情欠乏症でも、自分の血を分けた子供は別みたい。子供の力でおそばに置いてもらえる妻なのよ、わたしは。それがどんなに惨《みじ》めか、わかる？　せめて、華やかな結婚式くらい、させてよ。ラブストーリー、やらせてよ。誰にも迷惑かけてないでしょう。みんな、人のこと笑い者にして楽しんでるじゃない」

　まゆみはようやく奈香子を見つめた。奈香子が世間一般の代表であるかのように、その目は真剣に訴えていた。目尻が赤らみ、今にも涙がこぼれ落ちそうだったが、光太郎の足音がそれを許さなかった。

　光太郎はリビングに入ったところで立ち止まり、困ったような笑顔を浮かべた。

「明日香と話したよ。式も披露宴もやるのは構わないが、内輪のホームパーティーくらいにしてほしいそうだ。今度は、そうしないか。こぢんまりやるほうが、いい雰囲気になりそうだし」

「いいけど、うちでチマチマやるのは嫌よ。せめて、レストランを貸し切るくらいのことはしたいわ」

　まゆみは一瞬で立ち直り、強気の姿勢を通した。

「まあ、コンセプトはほどほどにってことで頼むよ」

「――わかった。考えてみる」

「島村くんは用があるって、先に帰った」

「じゃあ、わたしも今夜は失礼していいかしら。後片づけ、手伝わないのは悪いけど」奈香子が言うと、まゆみは「いいわよ」とさばさばした様子で立ち上がった。

「せっかく来てもらったのに、悪かったね。送るよ」光太郎が車のキーを見せた。

玄関まで見送りに来たまゆみは、別れ際に「プラン練り直したら、また連絡する。今度は神戸牛、奮発するね」と、ニッコリ笑った。

3

「さっきは、ありがとう」

車が走り出してすぐ、光太郎が言った。

「何がですか」

答はわかっていたが、奈香子はとぼけた。

「明日香のことで、まゆみにちゃんと言ってくれて。おかげで、ブレーキかけられた」

「ブレーキかけたいと思ってたの?」

「今までの経緯を全部さらけ出すなんてことにはね」

「普通の結婚式なら、いいわけだ」

まゆみにはきついため口をきくが、光太郎に対しては節度を保ってきた。こうして彼の車で送ってもらうのも初めてではないが、いつも当たり障りのない世間話に終始していたのだ。だが今の奈香子は、光太郎に遠慮する気になれなかった。愛の冷凍保存。そんな手に乗せられるバカ男だったなんて、心底ガッカリだ。軽蔑《けいべつ》を示さずにはいられない。

光太郎は何も言わず、無表情にハンドルを切ってカーブを曲がっていく。細い路地を抜けて明るい大通りの車列に入ると、ようやく口を開いた。

「何か、怒ってます？」

かすかな微笑が声音《こわね》に含まれている。奈香子はますます頭に来た。よし。この際、言ってやる。

「まゆみさんにブレーキかけたこと感謝してくれたけど、本来はあなたが止めるべきよね。明日香ちゃんの気持ちを心配してるようだけど、本当に子供の気持ちを思うなら、結婚したり離婚したりの繰り返し自体、どこかで止めるべきだったんじゃないの」

「でも、それぞれの節目には、まゆみが話したような事情があったから」

「本当は、そうじゃないのよ。ついさっき、本人が告白した。まゆみさんはあなたに心から愛されてないと思ってる。離婚して別れてみせるのは、あなたを振り向かせるための手段なのよ。愛を冷凍保存するなんてバカなこと言ってたけど、要するに、あなたの冷たさがまゆみさんを追いつめちゃうのよ。あなた、それに気付いてた？　本当に離婚するたび、気持ちが再燃してたの？　別れた女にそそられる下半身がらみの所有欲に動かされる男なわけ？」

光太郎はまたしても、何も言わない。交差点に向かって渋滞する車の先を見通すように、遠く視線を投げた。艶消《つやけ》しメタルのしゃれた眼鏡の表面で、ネオンの虹が点滅している。奈香子は居心地の悪さに閉口して、脚を組み直し、窓枠に頬杖をついてそっぽを向いた。

きつい言葉を投げたら、言い返してほしい。呑み込まれてしまうと、海に小石を投げたようなあてどない虚《むな》しさにとらわれる。ああ言えばこう言うまゆみの負けず嫌いには辟易《へきえき》するが、聞き流されるより数層倍ましだ。そう思ったとき、光太郎に愛されないというまゆみの嘆きの一端に触れた気がした。

「光太郎さんって、ほんとに冷たい人なのね」

まゆみのつらさもまとめて糾弾《きゅうだん》するつもりで、「冷たい」に力を込めてやった。

「――僕の気持ちは、最初の結婚のときから変わらないよ」

光太郎はまっすぐ前を見て、ぽつりと言った。

「そりゃ、まゆみが望むほどじゃなかったかもしれないけど、愛してないなんてことはない。冷たいっていうのは……多分、当たってる。僕は人でも物でも、何かに夢中になったことがない。なれないんだ。テンションが慢性低血圧って、まゆみは言うんだけどね。だから、まゆみを見てると可哀想でならなかった。なんで、こんなにジタバタするんだろう。罠にかかった獣みたいに、暴れるだけ痛い思いするのに」

交差点を過ぎ、郊外への国道に入ると、車はスムーズに流れ出した。光太郎の独白も途切れない。奈香子の反応を待たず、まるで懺悔《ざんげ》をするように彼はしゃべり続けた。

「そのうち、まゆみが羨《うらや》ましくなってきた。あれはまるで火山だ。マグマが燃えさかってる。あれが、生きてるってことなんだ。僕は退屈な人間だ。どんなものも、いつのまにか遠くから眺めている。見ているだけだ。四十年以上生きてきて、人に語りたい事柄を何も持ってない。哀れなのは、僕のほうだ。まゆみが引きずり回さなきゃ、僕は影みたいにつかみどころのない生き方しかできなかっただろう。何度も結婚式をすることも、人は笑うけど、僕は楽しんだよ。まゆみは、僕には想像もつかない面白いことを考えつくからね」

光太郎はちらりと、奈香子にいたずらっぽい眼差しを投げてよこした。今までに見たことのない、弾んだ表情だ。再び前方に向けられた横顔には優しい笑みが広がっている。

「それに、まゆみは明日香をくれた。明日香がいるから、僕の人生にも先の楽しみができたんだ」

明日香の名前が出て、ようやく光太郎はいつもの静かな男に戻った。奈香子に顔を向けて、道順を確かめた。話す間、前方を注意しながらもしっかりと奈香子を見つめた。

じっと見つめられるというのは、気詰まりなものだ。だが、相手が光太郎だと不思議な快感が走った。最初に眼鏡を買ったときから、そうだった。

特別な感情があるはずはない。売るための行為だ。そう自分に言い聞かせるのだが、光太郎の眼差しには商売のためだけではない、似合うかどうか審美眼に照らしている真剣さがあった。わたしの中から美しさを見いだそうとしている。その自覚が快感につながるのだ。その後、サングラスだの紫外線よけだの花粉よけだの理由を作っては店に通った。この目に見つめられたくて。

快感が恋に変わったのはいつなのか、わからない。今の今まで、心の中でさえこの思いを解き放ったことはなかったから。

光太郎には、まゆみがいる。だが、問題はそんなことではない。不思議な眼差しで見つめるくせに、そこから特別な情熱が発射されているわけではない。つまり、奈香子の片思いだ。恋に恋する女の子じゃあるまいし、報われそうもない片思いで自己操縦のコントロールを失うのは惨めだ。距離を保っていれば、そのうちこっちの熱が冷める。だから気持ちが燃え上がらないよう、冷凍庫に押し込んできたのだ。おかげで冷凍保存された愛が気になって、他の男が目に入らない。

奈香子は、横目を使って光太郎を見た。素振《そぶ》りにも出していないから、まゆみは気付いていないだろう。だが、光太郎は感じているのかもしれない。それとも顔を合わせるたびに見つめる目つきは、本当にただの職業病なのか。

いい男だ。見つめられるとぐっと来る。愛情欠乏症でもテンションの低血圧でも浮気はちゃんとするらしいから、こっちがその気でアプローチすれば、つまみ食いの恋ができるだろう。だが、この男は奈香子を愛しはすまい。奈香子は彼と同類の常識人だ。一緒にいても、彼を面白がらせることはできない。

このまま遠くから眺めるだけにしておけば、ほのかで甘い少女趣味な心の愛を冷凍保存できる。でも現実の関係に踏み込めば、まゆみほど丈夫ではない奈香子の自意識は、どんどん露《あら》わになっていく光太郎の冷たさに耐えきれず、ズタズタになるに違いない。

どっちが、望ましい？

「披露宴用に眼鏡、新調しようかしら」

「だったら、好きなのプレゼントするよ。迷惑かけてるから、せめてものお礼させて」

光太郎はすっかりいつものピースフルな笑顔を取り戻して、常識人らしい受け答えをした。

「この際、わたしもお色直しして、眼鏡と一緒に目立っちゃおうかな。まゆみにばっかり楽しい思いさせるの、つまらないもの」

「どうぞどうぞ。応援しますよ」

調子よく答える光太郎の横顔は、どことなくほっとしたように明るくなっている。

恋を進めれば、愛が消滅する。その分かれ道にたたずんで、奈香子は無理やり笑顔を作った。

パパのベイビーボーイ

1

琴絵《ことえ》が、結婚の話は考え直したいと言い出した。しかも、携帯電話で。理由を聞くと、口ごもる。あまり言いにくそうなので、丈彦《たけひこ》が口に出した。

「親父《おやじ》のせい？」

長い沈黙はYESの替わりだ。

やっぱり。丈彦の喉元に苦いものがこみあげた。

本当は紹介なんかしたくなかった。琴絵には、母は三年前に死に、父とは離れて暮らしている事実だけを話してあった。結婚するのなら両方の親の顔合わせをしなければと琴絵が言い出したので、ようやく親父への思いを打ち明ける気になったのだ。

琴絵のアパートの炬燵《こたつ》で向かい合い、丈彦は一気にしゃべった。

「親父はここ二年ちょっと、内縁の女と暮らしてるんだ。で、ほとんど絶縁状態。いろんな意味でルーズな男でね。実の親だけど、あんまり好きじゃない。本音を言うと、顔を見るのも嫌なくらいだ。これから結婚するのに、あんまり気持ちのいい話じゃなくて恥ずかしいけど、できたら親父は関係なしですませるわけにいかないかな」

言い終わると、琴絵は静かに微笑んだ。

「お父さんが女と暮らしてるっていうの、そんなに悪い話じゃないとわたしは思うわよ。息子としては抵抗あるだろうし、世間体も気になると思う。でも、現実を考えると歳取ったお父さんに一人暮らしさせるより、誰かがそばにいるほうが丈ちゃんだって安心なはずよ。内縁のままっていうのは、お父さんが丈ちゃんの気持ち考えてるからじゃないのかな。結婚許してあげたら。正式な夫婦になれば、結婚式にも出やすいでしょうし」

ハ！

丈彦はゆがんだ笑いを吐き出した。親父が丈彦の気持ちを考えるだと？　あいつは生まれてこのかた人の気持ちについて思いをいたしたことなんか、一秒もないやつなんだ。内縁なのは、俺のせいじゃない。受け入れてくれるところにグズグズ居着く野良猫みたいな男が、独り寝が寂しいというだけで男を引っ張り込む女と暮らしてる。そんな二人だからだ。それも、五十二のババアと六十のジジイのカップルだぜ。恥を知れってんだ。

父を思うと、丈彦の胸に普段使ったことのない荒々しい罵倒《ばとう》の言葉が湯水のように湧いてくる。顔も険しくなっていたらしい。琴絵が炬燵ごしに腕を伸ばして、丈彦の手を握った。そして握りしめたまま炬燵を出て、前に座った。首を傾けて、丈彦のふくれっ面《つら》をのぞき込むようにする。肩から流れ落ちた茶色の長い髪を耳にかけて、色白の顔を大きくほころばせ、にっこり笑った。

琴絵は小児科病棟の主任看護師だ。こういう仕草は一種の職業病だろう。子供扱いするなと言いたいところだが、穏やかに和《なご》んだ目元の小じわを見ると、丈彦の頬はだらしなくゆるんでしまう。それを悟られるのが口惜しいから、無理して目をそらし、唇をねじ曲げた。これが二十八歳の男の態度か。大人げない。そう思うが、心のままにすねてみせられるのも、七つ年下という甘えがあるからだろう。そんなこと、琴絵の前では決して言わないが。

「親子のことって、他人のわたしにはわからない何かがあるのよね。だけど、そんなに深刻にならないで。こだわるから、こじれるのよ。うちの親に余計な心配させるのもなんだしさ。けじめだけつけとけば、あとはこっちのもんよ。挨拶して、結婚式にも出席してもらって、あとは知らん顔してればいいわ。どこの家も、みんなそんなもんよ」

優しく両手を包み込まれては、張るべき意地など、もうどこにもない。頬どころか身体中とろけそうになって、丈彦は琴絵を抱き寄せた。丈彦のほうが大きいのに、琴絵がもたれかかってくると、天から垂れ下がった毛布にすっぽりくるまれたような安心感で一杯になる。

「あのね」丈彦は、琴絵の頭のてっぺんに頰ずりしながら言った。

「親父は外面《そとづら》はいいんだ。だから、琴絵ちゃんのご両親にはさらっと紹介できると思う。顔見知り程度ならいいやつだよ。最低の亭主で最悪の父親だってだけだから」

「だったら、平気。表面仏様、内面人でなしってドクター、よくいるから慣れてる」

「それからね」

「うん」

「わたしは他人だからわからないなんて、もう言うなよな。他人じゃなくなるんだから」

琴絵が忍び笑いをした。漏れる息が丈彦の胸を暖かく湿らせた。

「僕は、琴絵ちゃんの仕事を尊敬してる。結婚しても、できるだけ仕事のサポートするよ。二年間病気がちだったおふくろの代わりに家事やったから、なんでも一応できる。亭主関白にはならない。それは約束する」

「だったら、その問題のお父様に、わたしのこと紹介してくれなくちゃ。うちの親に会わせるより、そっちが先でしょ」

優しく言われて、決心した。

出来ることなら一生会わずにすませたいと思っている父親のもとに、こっちから連絡して出向くなんてことができたのも、琴絵への愛ゆえだ。それなのに。

2

親父を紹介した日の琴絵は、終始機嫌がよかった。顔合わせのため訪れた内縁の女亜里砂《ありさ》が経営するビストロ・アリスも、しゃれた店だからひいきにしたいと喜んでいた。

舗道からビル地下にある店まで降りる階段は、打ち水のあとなのか濡れて光っていた。CLOSEDと型抜きした白いアクリル板が下がるドアノブを押すと、頭の上でカウベルが鳴った。中は全体にセピア色だ。床も天井もカウンターも四つあるテーブルも椅子も木製で、壁はレンガ積み。カウンター奥の壁の半分は色とりどりのリキュールが占め、あとの半分には一台のレコードプレイヤーとLPの束が収められている。

幅広のカウンターに並ぶ大皿は、まだどれも空《から》だ。中で何かを作っていたらしい亜里砂が顔を上げ、丈彦と目が合うとひとつ大きくまばたきをした。どうやらそれが挨拶らしい。

婚約者を連れていくと電話したとき、親父は「嬉しいよ。待ってるよ」と泣き声になったくせに、来てみれば亜里砂しかいない。「ちょっと遅れるって、さっき電話があった」と伝えられ、丈彦は面接試験に臨む女子大生みたいなスーツを着た琴絵を振り返って、苦笑した。

「こういう男なんだよ」

琴絵は微笑んで、いいのよと言うようにかぶりを振り、如才《じょさい》なく亜里砂に挨拶した。

丸々と豊満な身体を黒いワンピースと赤いエプロンで包み、大量の白髪染めを要したとおぼしき漆黒《しっこく》の縮《ちぢ》れっ毛を太い三つ編みにして背中に垂らし、トルコ石のイヤリングやらネックレスやらをじゃらじゃらさげた亜里砂は、マヨネーズがしたたるサラダスプーンを左手に持ち替えて琴絵と握手した。

「この人の父親の愛人です。よろしく」そう言うと、丈彦に挑発するような流し目を寄こした。丈彦は冷笑を返すことで、屈辱に耐えた。

さすがに琴絵は亜里砂の露悪的な態度に動じることもなく、スツールに座ってあたりを見回しながら「いいお店ですね」「お一人でやってらっしゃるの?」などと話しかけた。

「六時過ぎからバイトの男の子が加わるけど、それまではあたしとパパの二人。パパって、この人の父親ね。ソムリエもやれば、コックもやる。資格はないけどね。皿洗いもトイレ掃除もしてくれるわよ。器用で、なんでもできる人なの」

「なんでもできるけど、まともに稼いだことは一度もない」

釘を刺す丈彦を尻目にかけて、亜里砂はクールを一本くわえ、火をつけた。

「はいはい。あなたは偉大なる普通のサラリーマンでしたわね。トンビがタカを産んだってとこだ」

亜里砂の皮肉に驚いた目をする琴絵に、丈彦は余裕の笑顔を見せた。

「ごめんなさい。あたしは口が悪くてね。でも、悪いのは口だけだから。どうぞ」

白ワインを勧められ、穏やかな表情に戻った琴絵に、「丈ちゃんも座ったら」と促《うなが》されてもうろうろ歩き回るのを止められない丈彦だったが、階段を降りてくる高らかな足音が聞こえた途端、突き飛ばされたようにストンとスツールに尻が落ちた。

ドアが目一杯開き、カウベルがガシャンと揺れた。親父の登場だ。一目で丈彦は顔をそむけた。

ツイードのスーツに帽子をはすにかぶったフレッド・アステア気取りの老人が、満面の笑みで紅薔薇の花束を捧げ持っていた。それだけでも恥ずかしいのに、親父はすーっと琴絵に近寄ると、やおらひざまずいて花束を差し出した。

「はじめまして。僕が丈彦くんの父親の野間《のま》行彦《ゆきひこ》です」

押しつけられた花束を反射的に受け取った琴絵は、大きく目を見開いて親父を見つめるばかりだ。親父は立ち上がると、今度は二、三歩後ろに下がってつくづく琴絵を眺め、外国人のように首を振った。

「なんとお美しい。琴絵さんの美しさに嫉妬《しっと》して、薔薇たちが真っ赤な顔で怒っております。棘《とげ》にお気をつけください。そして、お願いします。僕の最愛の息子を幸せにしてやってください。不幸な子なんです。母親は既にこの世を去り、父親は今やヒモの身の上」

親父は芝居がかった仕草で、くわえ煙草でグラスを磨く亜里砂を振り返った。そして今度は、琴絵のかたわらでそっぽを向いてワインを飲む丈彦に目をやった。

「僕はダメな父親で、丈彦くんに何もしてやれなかった。ただ、これだけは信じてください。僕の生命のある限り、お二人の幸せを毎晩神に祈ります」

最後のひと言で耐えかねたように、琴絵が吹き出した。丈彦も仕方なく笑ったが、胸の中は恥ずかしさと怒りでどす黒く汚れていた。

親父はニコニコしながらプレイヤーにグレン・ミラーのレコードをセットし、琴絵の手を取って踊り出した。琴絵が調子を合わせてくれたうえ、親父の肩越しに楽しそうな笑顔を見せてくれたのがせめてもの慰《なぐさ》めだった。

「楽しい人じゃない」

帰り際には、そう言ってくれた。もっとも、親父を誉《ほ》められると逆にむかつくのが丈彦の神経回路だ。よっぽど長年の恨みつらみをぶちまけようかと思ったが、やめた。親父の正体を知ったら、今の上機嫌が台無しになるだろう。それは避けたかった。だから「気に入ってくれたんなら、よかったよ」とだけ言っておいた。

これであとは結婚式だの新婚生活だのへの準備に没頭すればいい。式服は紋付き袴《はかま》かな、モーニングかな。どっちにしろ、恥ずかしいな。式はなしってわけにいかないかなと面倒がっておきながら、いつのまにか花嫁の白いベールを持ち上げてキスするシーンをしっかり想像して、一人で照れまくっていたのに。

それから一週間後、深夜の電話でいきなり言われた。

結婚を考え直したい。

思いもよらない爆弾発言。原因は親父だとしか思えない。それしか考えられない。

病院勤めで人間の裏側を見てきた琴絵のことだ。親父の恥知らずな浮ついたありさまから堕落《だらく》した人間性を読みとって、あんな男の血を引く息子との将来に危惧《きぐ》を抱いたのかもしれない。ありえることだ。しかし、親父と自分は違う。絶対、あんな風にはならないと小学校五年のときに心に誓ったのだ。

丈彦は、琴絵に訴えた。親父は確かにどうしようもないやつだ。自分としてはいつでも縁を切る覚悟はできている。今後一切自分たちの人生に入り込ませないようにする。だから親父のことはないものとして、考え直してくれ。

だが、絞り出すような苦しげな声で琴絵は言った。

「ないものに、できないの」

「できるよ。結婚するのは、僕と琴絵ちゃんだよ。親父は関係ない」

「キスしたの」

なんだ、それは。答になってない。唖然として携帯を握りしめる丈彦に、琴絵は幼い子供に聞かせるようにゆっくり言った。

「お父さんとキスしたの」

頭が真っ白になり、続いて真っ赤になった。丈彦は思わず「あいつ」と罵《ののし》った。それから、あわてて話しかけた。

「琴絵ちゃん、ごめん。恥知らずだとは思ってたけど、そんな色ぼけジジイになってるなんて恥ずかしいよ。会わせたのが間違いだった。僕の責任だ。気持ち悪かっただろ。ごめん。だけど、どうしてそんなことになったの。親父が押しかけてきたの？」

「違う。わたしが押しかけたの」

「え」

わけがわからない。丈彦は琴絵の言ったことを急いで反芻《はんすう》してみた。押しかけた。キスした。結婚話を白紙に。そこから導き出される答は。まさか。

沈黙に耐えきれず、というように、琴絵がぎごちなく説明を始めた。

「一昨日のことよ。あの子がとうとう逝《い》っちゃって」

あの子というのは、琴絵になついていた小児ガンの男の子のことだ。三歳で発症した彼は、八歳で死ぬまでのほとんどの時間を病院で過ごした。両親は治療費を稼ぎ出すため忙しく、琴絵が母親代わりだった。

「わたし、なんかガタガタになっちゃって、それでお父さんのところに行っちゃったの。それでね。あの、丈ちゃん、ごめんなさい」

嫌だ。謝るなよ。謝られたら、どうしたらいいか、わからない。だが、感情は言葉にならない。黙っていたら、琴絵がしゃべった。

「お父さんを好きになったの。自分でも驚いてる。こんな気持ちで丈ちゃんと結婚なんて、できない」

なんとまあ。丈彦は携帯を耳に貼りつけたまま、腹を抱えて笑い出した。

だって、笑うしかないじゃないか。

3

親父は、もてる男だ。結婚前も、所帯持ちになってからも。母がそう言っていた。

「パパは優しくて素敵で、女の人から電話やら手紙やらたくさん貰《もら》ってたものよ。ママ、譲ってくれって泣かれたことあるんだから」

思い出話をする母の鼻は、得意のあまりピクピクしていた。

長身で、温厚な感じのハンサムで、多趣味で、楽しいことが大好きで、いつも機嫌がいい。「優しくて素敵」なのは、間違いない。だが内側にまわってみれば、はた迷惑な甘ったれだ。

戦後、闇市で大儲けした成金の次男坊に生まれついた。やり手の父親は儲けた分を豪快に使い果たす生活を送ったらしく、おかげで親父は経済観念というものを知らずに育った。生家の勢いは家長が死んであっという間にしぼんだが、親父の遊び癖は治らず、一度もまともに就職しないまま母のところに転がり込んで、食わせてもらう生活に安住した。

小学三年のとき、お父さんについて作文を書くことになり「パパの仕事は、なんて書いたらいいの？」と訊いた。それまで、そんなことは考えたこともなかった。パパはいつも家にいて、一緒に遊んでくれる人だった。

「パパは、プロゴルファーだよ」親父は七番アイアンのヘッドを磨きながら答えた。

「試合に出てるの？」

「そのうちね。今は練習中。あ、作文に書くんならレッスンプロにしときなさい。お父さんはレッスンプロを目指して頑張っています。な？　カッコイイだろう」

「うん」と真に受けたのだから、あの頃は幸せだった。

親父は確かにプロゴルファーを目指したのだろう。二カ月くらいは、真剣に。やる気だけは、いつもあるのだ。あり過ぎるくらいだ。ただし、根気がない。

次から次に手を出すことは、傍目《はため》には遊び、でなければ趣味だが、本人に言わせればそれで飯を食うプロになるつもりだったのだそうだ。ゴルフがダメなら、テニス。それから、ダイビング。スキー。ボウリング。ビリヤード。アイスホッケー。タップダンス。そば職人。バーテンダー。ラジコンヘリ操縦。ピアノ弾き。

丈彦が今一人で住んでいる家の物置には、ウェットスーツからそば打ち用のでかい板と包丁までが使い込んだ形跡もないままに埃《ほこり》をかぶっている。

夫として親父がやった唯一の正しいことといえば、車道楽の封印くらいだろう。ビンテージもののコルベットだのワーゲンビートルだのプリマスだのへの情熱を振り切ってみせたのが堅実なる夫へと変身する決意表明だったというが、なに、飽きが来ただけのことだと丈彦にはわかっている。親父は熱しやすく、醒めやすい。そして一度醒めたら、同じものに二度は熱くならない。

小さい頃、親父が車代わりに乗り回していた自転車を分解するのをずっと見ていたことがある。母がカローラを駆って保険の仕事に出たあと、がらんとしたガレージの床にハンドルから順にばらしたパーツを並べて、親父は満足そうなため息をついた。そして、隣にしゃがんだ丈彦に言った。

「動いちゃダメだよ。くしゃみしてもダメだ。小さいネジが一個消えても、元通りにならないんだから」

丈彦は緊張して、頷いた。二十分経ち、三十分が過ぎても、同じ姿勢で座り続けた。足がしびれ、おなかがすき、おしっこに行きたくなった。でも、自転車はなかなか元に戻らなかった。親父は口笛を吹きながらパーツをひとつひとつ取り上げて「これがああなって、あれがああなって」と一人で納得しては、適当な場所に置き散らかすというのを繰り返した。そのうえ、確かめもせずにつなぎ合わせるから、ハンドルやサドルが後ろ向きについたりした。「えーと、これ、どこのネジだっけ。丈彦、覚えてないかい」と訊かれても、それどころではない。我慢しきれず、おしっこしたいと訴えると、親父は実は自分もそうだと言った。二人してバラバラの自転車を蹴散らしてガレージを飛び出し、狭い庭のおおかたを占領するイチジクの根元に並んで立ちションした。

すっきりすると、今度は「腹減ったな」と親父が言い、家に入って手を洗って、二人でドーナツを食べた。それからテレビでアニメの『花の子ルンルン』を見て、主題歌を合唱した。

母は働き者だった。家族のマイホームで今は丈彦が一人で住んでいる建て売りは、母の稼ぎで得たものだ。丈彦の記憶にある限り、家の稼ぎ手は母で、遊んでくれたのはいつも親父だった。あの自転車分解はいくつのときだったろう。自転車はいつのまにか元通りガレージの隅に立てかけてあったが、前より新しくなっていたような気がする。

五年生の春に、母に「ママのおなかに赤ちゃんがいるのよ。丈彦は弟と妹、どっちが欲しい？」と訊かれた。丈彦は弟と答えた。命令できるから。

三年生くらいまでは、遊びの相手は親父で十分だった。晴れた日はキャッチボール、雨降りの日はキン肉マンごっこ。だが、高学年になってくると、一緒に遊びたいのは親父より友達だ。むしろ、親父と遊ぶのに辟易していた。それなのに親父はいつまでたっても一緒に遊びたがる。断ると悲しそうな顔をする。だから、仕方ないから相手をしてやっていたのだ。

だけど弟ができたら、丈彦が大将だから好きなように指図できる。親父の遊び相手を押しつけることだって、できる。兄として権力を振るうことを考えると、わくわくした。

そんなある日、三歳くらいの男の子の手を引いた女が現れた。その日から連日、親戚の誰かが来て襖《ふすま》を閉め切った部屋で話していた。母は毎日泣き、親父は毎日謝り、落ち着かないからと丈彦はしばらく母方の祖父母の元に預けられた。そこで祖母に「あんたのパパは、ママに苦労かけるために生まれてきたみたいな人だから、丈ちゃんがママを守ってあげてね」と、呪文のように言い聞かせられた。

「だって、苦労させられるような人と結婚したのは、ママだろ」

前ほどパパっ子ではなくなっていたが、悪口を言われると腹が立つ。丈彦は唇を尖らせた。

「そうなのよ。ママはパパが大好きでね。大好きで結婚したのに、あんなことされて」祖母はそう言って涙をこぼした。

「丈ちゃんは小さいからまだわからないだろうけど、ママは可哀想な人なのよ。普通だったら、パパが働いてママに楽をさせてあげてるのに、丈ちゃんのところはママだけが一生懸命働いて、パパは遊んでる。丈ちゃんだけが、頼りよ。ママに優しくしてあげてね。守ってあげてね」

一カ月ほど祖父母の家で暮らし、きょうからは元通りお家にお帰りと言われた日の夕方、学校から直接戻ってみると、母はやせ、親父はおどおどしていた。キッチンにいた母は、ダイニングテーブルで新聞を読む親父を横目で見ながら丈彦を呼び寄せ、弟は生まれないことになったと告げた。

「パパのせいなの?」丈彦は、そっと訊いた。祖母に吹き込まれたことが頭によみがえった。

親父は母を苦しめるために生まれてきた――。

母はその言葉で、ぎっと親父を睨んだ。怖い顔だった。親父は首をすくめ、丈彦を見て気弱に笑った。丈彦に目を戻した母は、「誰のせいでもないの」と答えた。

「赤ちゃんが、生まれてきたくなかったらしいの。ごめんね」

最後のごめんねは、誰に言った言葉だったのだろう。母は唇を震わせ、背中を向けてすごい勢いで米を研《と》ぎ出した。

あの日に、丈彦の無邪気な子供時代は終わった。

相変わらず、親父は一緒に遊びたがった。ファミコンソフト購入の行列に並び、スケボーの特訓に付き合い、東京ディズニーランドにも泊まりがけで連れていってくれた。だが丈彦は、楽しければ楽しいほど罪悪感を感じるようになった。

こんなことをしている間も、母は働いている。そして、ときどき泣いている。親父のせいだ。親父は母を苦しめている。そんな親父と一緒になってはしゃぎまわるのは母に悪い。それに、ファミコンもスケボーも熱くなるのは親父のほうで、丈彦が「もう、やめようよ。お母さんが帰ってくるよ」とお開き宣言をしなければならない。「もうちょっとだけ」と待たされると、汗が引くように気持ちの高ぶりも冷えてくる。まるで、楽しい気分まで親父に横取りされたような気になる。

遊んだあと、親父は「面白かったね」と屈託なく言う。だが、丈彦は「面白かった」と言いたくなかった。心から笑えなかった。あんまり楽しくないという顔をする癖がついた。そうやって親父を罰してやるしか、心のバランスを取る方法がなかった。

中学生になると、母のことも重荷になってきた。背が伸びて自分を見下ろすようになった丈彦を頼もしく思ったのか、母が親父の不始末についてあからさまな愚痴を聞かせるようになったのだ。五年生のときに現れたのは腹違いの弟で、金で解決したが認知はしているという真相も明かされた。

あのとき、二度と再びよそに子供は作りませんと誓ったが、考えてみると二度と浮気はしませんとは言わなかった。ああいうところが、ずるい人だ。外に出れば、必ず女に引っかかる。そういう人だとあきらめることにした。だけど、丈彦は女を泣かせるような男にならないでね。恋人や奥さんができたら、その人一筋を守ってね。

あまりグズグズ愚痴るのがうっとうしくて「だったら、別れろよ」と言ったことがある。どうせ、生活費を稼いでいるのは母だ。最近の親父は懸賞応募にとりつかれ、その種の情報誌を買ってきては簡単なクイズやアンケートや製品モニターへの回答をせっせとハガキに書き込んでいた。運がいいのか、生活用品や旅行券をよく当てて喜んでいる。母が酔っぱらったときに呼び出しに応じて運転して帰ったり（無免許で！）、疲れた母の身体をマッサージしたりで役には立っているが、これでは夫というよりヒモだ。

こんな夫婦関係を、思春期に入った丈彦は恥ずかしいと思うようになった。小学生の頃は祖母に吹き込まれたとおりに母を可哀想だと憐《あわ》れんだが、成長するにつれ、文句を言いながらも親父から離れられない母も情けない女だと思うようになった。母は親父がいると躁状態になってつまらない駄洒落《だじゃれ》に笑い転げているくせに、どこに行ったのか姿が見えないと愚痴と恨み言を連発する湿っぽい女になった。母の機嫌に振り回されるばかりの家は、丈彦にとって居心地のいい場所ではなかった。父も母も嫌いだと思った。

働きづめだった母が体調を崩したのは、丈彦が大学二年のときだ。子宮ガンが発見され、切除手術をした。それからは転移の不安に怯《おび》えながら、仕事を続けた。母はまるで、自分が稼がなくなったら親父が逃げていくと思い込んでいるみたいだった。無理はするなよと言うくせに、親父は安定した職を求めようとしなかった。顔見知りのプールバーや深夜営業のカフェや雀荘で店番のアルバイトをして稼いでくることもあったが、それは母を連れてのディナーやシルクのブラウス一枚で消えてなくなる涙金でしかなかった。

丈彦が医薬品メーカーに就職するのを待っていたかのように、母がガンではなく脳梗塞《のうこうそく》で倒れた。半身不随になり、二年後に死んだ。昼間はヘルパーを雇ったが、夜間や休日の介護は丈彦がほぼ一人でやった。親父は食事の世話は手伝ったが、身体の清拭や排泄の始末といった場面になると逃げた。「ママは、自分のそんな姿を僕に一番見せたくないはずだ」と言い張った。

「今度こそ、僕が働く」そう言って、毎日出ていった。だが、どこで何をしているのか、丈彦は訊かなかった。あてにはしない。いないものと思う。その決意を態度で示した。親父が稼いできたはずの金をどうしているかも訊かなかった。ときどき母に食べさせていた大きな桃だのふかひれスープだのマロングラッセだのや、花鉢やカシミヤのショールといったプレゼントに回していたのだろう。

朝と夜、親父は母のベッドにかがみこんで手を握り、「おはよう」「おやすみ」とささやいた。母は微笑んだ。皺《しわ》の深い目尻から涙がこぼれ落ちた。その光景に、丈彦は鼻白んだ。きれいな場面にしか登場しない親父のずるさが、たまらなく苦々しかった。

母は病院で死んだ。親父は遺体に取りすがり、冷たくなった頬や唇を撫で回して号泣《ごうきゅう》した。何も知らない若い看護師がつられて涙ぐむのを見て、丈彦はしらけた。

涙は一粒も出なかった。身体の中はカラカラに乾き、涼しい風が吹き抜けていた。働きながらの介護はつらかった。二十代前半の遊び盛りだというのに、自由時間がまったくないのは檻《おり》の中に入れられたようで、息苦しくてたまらなかった。こんな目に遭わせる母や親父が憎くてならず、親父はともかくここまで育ててくれた母をいとわしく思う自分が嫌で、生きていること自体がつらい毎日だった。それから解放されたのだ。

葬式でも、親父は泣きっぱなしだった。その盛大な涙が参列者全員が知っているはずの罪業を帳消しにしたのか、みんなが親父に話しかけ、肩を抱いた。丈彦はその親孝行ぶりを誉めあげられたが、それだけだった。というより、そのあたりのことはあまり記憶がない。さまざまな手続きを滞りなく終了させるのに忙しく、そのあとにやるつもりの旅行や気ままな夜遊びの計画ばかりが頭を巡っていたような気がする。親父のことも母のことも、どうでもよかった。

感情の起伏のスイッチが切れていた。いつからそうだったか、もう思い出せない。何をやっても心から楽しめない。笑ったり泣いたりしない。年の割に落ち着いていると言われ、会社では上司の受けがよかった。几帳面で、ルールをきちんと守り、立場をわきまえ、我慢強い。それが野間丈彦の評価だった。女たちには「面白くないやつ」「無感動男」と言われているのも、丈彦は知っていた。

面白くないやつなのは、仕方なかった。面白いことなど、何もなかったのだから。琴絵が現れるまでは。

業務用医薬品メーカーの営業マンは、待つのが仕事だ。自分以外の人間の都合など取るに足らないと考えているドクターに商談を持ちかけるためには、相手がその気になるのをひたすら待つしかない。腰掛けたくても椅子はなく、常に人目があるから缶コーヒーを飲んだり煙草を吸ったりもできない。携帯の着信音はマナーモードにし、かつドクターはいつ現れるかわからないから長話は禁物。前を通るのが誰であれ笑顔で会釈《えしゃく》。医局の廊下は、さながら営業マンの修練場だ。

看護師たちが医局に来ることは、あまりない。だが琴絵は、よく小走りで出入りしていた。だから、毎日のように詰めている丈彦とは顔見知りになり、通りすがりに会釈すると「ご苦労さま」とねぎらってくれた。

茶色く染めた髪をひっつめ、色白の頬に薄いそばかすが散っている。夕方には目元の皺や隈《くま》が隠しようもなく、三十は過ぎているなと丈彦はぼんやり推測した。最初はその程度で、何の感情もなかった。

あれは一昨年のクリスマスだ。夕方七時を過ぎても姿を現さないドクターを、丈彦は待っていた。クリスマスとかバレンタインデーとか、人がざわざわはしゃぐ日が丈彦は嫌いだ。めでたいことなんか何もないのに、まるで国民的行事みたいにこぞってパーティーだプレゼントだと大騒ぎ。バカらしいにもほどがある。一緒にいたい人がいるわけでもなし、こうして寒い廊下に立ちつくしているほうがいい。「メリー・クリスマス」なんて気分になれない人たちの近くにいるほうが、いい。

そこへ、琴絵が走り込んできた。そして丈彦の前で急ブレーキをかけ、腕を組んで彼の全身を穴があくほど見つめた。丈彦は戸惑い、琴絵の首の下あたりに視線をさまよわせた。動物のキャラクター・キャップ付きボールペンがぎっしり詰め込まれた胸ポケットに、上原《うえはら》というネームプレートがついていた。

「頼みがあるんだけど、ちょっと小児科病棟まで来てくれない」琴絵が命令口調で言った。

少しムッとした。ドクターならともかく、看護師にまで使用人扱いされるいわれはない。

「いや、でも、僕は」

「先生に絶対会える時間、教えてあげる。だから、お願い」

絶妙の餌だ。丈彦は承知した。琴絵の小走りと肩を並べるには、大股で歩くだけで事足りた。

琴絵は丈彦をナースステーションの奥に引っ張っていき、段ボールの中で丸まっているサンタクロースの衣装を示した。

「ボランティアの人が来て、この格好でプレゼント渡してくれるはずだったんだけど、ひどい風邪ひいててね。子供に伝染《うつ》るといけないから、帰ってもらったのよ。だけど、代役がいなくて。男の人にやってほしいんだけど、病棟スタッフは全員忙しいの。急なお願いで悪いんだけど、三十分くらいですむから、お願い」

こんな依頼を断ったら、寝覚めが悪い。丈彦はこれも仕事のうちと割り切って引き受けた。

何かに扮するなんて、小学校の学芸会以来だ。最初は恥ずかしかったが、扮装が整ってみると、白いひげが顔半分を隠すせいか度胸が据わった。大きな袋をしょって廊下に出ただけで、看護師たちがみんな笑顔を向けてくれる。いい気分だ。最初の大部屋に入ると、付き添いの親たちが「わー、サンタさんだ」「サンタさんが来たよ」と口々に歓声を上げた。偽者とわかっていても、プレゼントを渡す丈彦を見上げるとき、子供たちの顔はくすぐったそうに崩れた。だんだん、嬉しくなってきた。

だが個室に入ると、点滴や酸素のチューブにつながれて動けない小さな身体に胸が痛んだ。「早く元気になろうね」「頑張ってね」事前に心づもりしていたそれらの言葉は、そらぞらしくてとても言えない。丈彦は黙って、ひろげた掌《てのひら》を子供の頭にそっと載せた。触れられると、子供は笑う。

「いい子だね」やっと、それだけ言えた。子供の何人かは、毛糸で作ったひげを引っ張った。お見舞いにもらったらしいチョコレートをくれる子もいた。

終わって衣装を脱ぐと、汗びっしょりになっていた。琴絵がバスタオルを差し出した。

「シャワーあるけど、患者さん用なのよ。汗だけでも拭いて。風邪ひくといけないから」

汗を拭き取り、元のスーツ姿に戻ると、なんだかがっかりした。

帰ると言うと、琴絵はついてきた。エレベーターの中は二人きりだった。

「ごめんなさいね」昇降パネルに目を当てて、琴絵が言った。

「いえ、楽しかったですよ」

「ううん。落ち込んじゃったでしょう。そういう顔してる。病気の子供をあんなに見たら、たいていの人は気分が沈むわ。せっかくのクリスマスなのに、ほんとにごめんなさい」

そこで琴絵はふっと笑った。

「強引に頼んどいて、今さらごめんなさいはないわね。だけど、あなた、すごくつらそうだから」

「いや」丈彦は首を振った。「いい経験、させてもらいました。ほんとです。なんか、久しぶりに充実感、感じてます。格好つけてるみたいですけど、僕は無感動男と言われてて自分でもそうだと思ってたから、こんな風に嬉しいとか悲しいとか感じてる自分が新鮮で」

思いがけず真情を吐露《とろ》している自分が恥ずかしくなったとき、ちょうどエレベーターが一階に着いた。丈彦は、そこで口をつぐんだ。

病院の表玄関は、もう閉まっている。琴絵は丈彦を夜間出入り口に先導するように歩いた。医療営業マンにはおなじみの通路であることを忘れているのか。しかし、琴絵はそこを抜けて、さらに歩いていく。

「あの、お買い物ですか。その格好だと寒いですよ。上原さんこそ、風邪ひきますよ」

制服の上にカーディガンを羽織っただけの琴絵が、自分の両肩を抱き寄せるようにして振り返った。

「わたしたちって、患者さんの前で泣いちゃいけないのよ」

そう言う目が赤い。鼻の頭も赤くなっていることに気づいたら、言葉がすらりと出た。

「時間があるんなら、コーヒーでも飲みませんか」

コートを脱いで琴絵に着せかけるという気障《きざ》な動作も自然にできた。そうせずにはいられなかった。琴絵が、閉めきっていた丈彦の心のドアを開けたのだ。彼女のどの部分にそんな力があるのか、いまだにわからない。

ただ、丈彦の誘いを琴絵は断らなかった。その夜も、そのあとも。そしてプロポーズも。

琴絵は、丈彦がようやくみつけた心の拠《よ》り所だ。それを獲られるなんて。しかも、親父に。

4

「話がある」と呼び出しの電話をかけたら、親父は丈彦の声の調子に頓着《とんちゃく》せず「嬉しいなあ」と喜んだ。

会見場所として、家を指定した。母が死んでまもなく、父が出ていった家。母の名義だったもので丈彦が相続した。何度も売り払って再出発しようとしたが、琴絵と出会ってからは二人で話し合って、使い勝手のいい新居に改築するつもりだった。父を入れたくはなかったが、背に腹は替えられない。

約束の時間より二十分遅れて、父が「お邪魔します」とやってきた。「これ」と差し出したのは、鯛焼きの包みだ。そして廊下を歩きながら「全然変わってないね。なんだかタイムマシンで戻ってきたみたいだ」と、呑気《のんき》な顔で言った。殴ってやりたかったが、我慢した。それは話を聞いてからだ。

親父はまず、母の仏壇に線香をあげた。そして、口の中でぶつぶつと般若心経《はんにゃしんぎょう》を唱えた。宗派が違うのに。

古い茶の間の座卓に座って、丈彦は渋々ながらお茶を出した。いざとなったら、なかなか口を切れない。「あったかいうちに食ってよ」と言われて、無視しようと思っていた鯛焼きに手を伸ばした。丈彦が食べるのを見て、親父もいそいそとひとつ頬張った。

「なんか、ヘンな感じだね。こう静かなのって苦手なんだよ。音楽かけていいかい。確か、プレスリーのレコードのコレクション、僕、置きっぱなしだよね」

「プレイヤーがないよ。あんたが出てった日に、俺が」

「ああ、そうだった」親父はあわてて、あとの言葉をさえぎった。

親父が亜里砂のもとに行ったのは、母が死んだ三カ月後だった。

近所の人に、丈彦がいない間に親父が女を家に連れ込んだと聞かされた。問いつめると

「友達が線香をあげに来てくれたんだ」と説明したが、そのあとで「ママが具合悪い頃に知り合って、いろいろ、その、慰めてもらったりしててね」と言う顔が、実態を白状していた。なんてやつだ。丈彦は生まれて初めて感情を爆発させた。

あんたのせいで、母さんは死んだんだ。出てけ。俺の前から消えろ。言葉だけでは足りない。丈彦は親父が大事にしていたDENONのプレイヤーを持ち上げ、庭の地面に叩きつけた。蓋《ふた》と本体をつなぐ蝶番《ちょうつがい》がねじ切れ、ターンテーブルがはずれ、アームが折れた。親父はのろのろと立ち上がって、悲しそうにプレイヤーの残骸に目をやり、何も言わずに背中を向けて出ていった。

丈彦が大声を出したのは、後にも先にもあのときだけだ。興奮し、親父を罵倒し、プレイヤーを壊しても、ちっともすっきりしなかった。暮れていく部屋に一人脚を投げ出して座り、ぼんやりした。身体が汚水を吸い込んだ雑巾みたいに重かった。あのときと今と、どっちがつらいだろう。

思い出し怒りで腹が決まり、居心地悪そうにもぞもぞしている親父にズバリと言ってやった。

「琴絵ちゃんとキスしたってね」

言い訳に困ってアタフタするところを見て、嗤ってやりたかった。だが、親父はケロリとしている。

「ああ、あれね。あんなのキスのうちに入らないよ。おっと、丈彦くん。ちゃんと理由があるんだ。怒るんなら、聞いてからにしてよ」親父はまあまあとばかりに両手で丈彦を制し、ひとつ咳払いをすると座り直した。

「知ってると思うけど、長いこと看護してた小児ガンの子供さんが死んだんだそうだ。琴絵さん、すっかり参っちゃって、酔っぱらって店に来たんだよ。もうフラフラだったから、胃薬飲ませて家まで送っていきました。その道すがら、病院勤めはもう辞めたいって泣き出したんだよ。僕は、ほら、女の人に目の前で泣かれると、なんとかしなきゃと思う性分でね。つい、こう手が出て」

親父は空間を両手で抱き寄せる仕草をした。

「よこしまな気持ちはまったくなかったよ。ほんと、誓う。ただ、慰めたかったんだよ。だって、つらいって泣いてるんだよ。死ぬ子供を見るのは、もう嫌だって。そうかそうか、可哀想だったねって背中撫でてたら、しがみつかれてね。ふっと目が合っちゃったら、なんかこう自然に口が」

「もう、いいよ」その光景が目に見えて、丈彦は顔をしかめた。琴絵の唇の感触なら、よく知っている。あれを、獲られた。

「事故なんだよ。琴絵さんも、それはわかってると思うよ」

息子の恋人とキスしておいて、この男は何にも感じてないのか。

「彼女は好きだって言ってる」

「え?」

「親父を好きになった。だから、俺とは結婚できないって」

口元まで来ていた冷笑が、砕け散った。親父が顔をほころばせている。

「ほんと。琴絵さん、そう言ったの。いや、参ったなあ」

喜んでやがる。今度こそ、丈彦は嘲笑った。

「いや、たいしたもんだ。息子の恋人を横取りするなんて、男の鑑《かがみ》だ」

「横取りなんてとんでもないよ、丈彦くん」

ぶんぶん首を振る。

「琴絵さんだって、そうさ。一時の気の迷いだよ。だけど、丈彦くんにもいけないところがあるよ。琴絵さんが仕事辞めたいって言ったら、反対したそうじゃないか」

確かに、琴絵はよくそんな愚痴をこぼした。こんな風にいちいち感情的になってたら、やってられない仕事なのよ。わたしは向いてないんだわ。付き合いの長い患者さんも多いから責任感で続けてきたけど、もう限界。他の、もっと楽しい仕事をしたい。

気持ちはわかると、丈彦は言った。だけど、どんな仕事だって楽しいばっかりじゃないよ。看護師は琴絵ちゃんの天職だと思う。僕が病気になったら、琴絵ちゃんみたいな人に看護してもらいたいと思うもの。それに、治って退院する子だっているんだろう。そういう子供の笑顔を見ると救われるって言ってたじゃないか。そう言うと、琴絵は微笑んで「そうね」と頷いたのだ。

「反対なんかしてない。意見を言っただけだ」

「それがいけないんだよ、丈彦くん」親父は重々しく言った。

「女の人には、意見なんかしちゃいけない。そもそも、女の人には男の意見なんか必要ないんだ。何か相談されたり愚痴られたりしたら、優しく抱き寄せて、よしよし、きみのしたいようにしたらいいよと、こう言ってやらなくちゃ。それが、男のたしなみだよ」

「それが、三十も年下の女にまでもてるコツか？」

親父はチッチと人差し指を振って、丈彦の精一杯の皮肉をはたき落とした。

「そういう斜《しゃ》に構えた態度がよくないよ、丈彦くん」そして、あぐらをかいてリラックスし、妙にくつろいだ表情になった。

「琴絵さん、言ってたよ。丈彦くんが好きなのは看護師の自分であって、こんな仕事から逃げ出したいと思ってる本当の自分じゃないと思う、それがきついって。琴絵さん、年上だってこと気にしてるんだよ。だから、丈彦くんに弱いところ見せきれないんだ。それじゃ、ダメだよ。琴絵さんみたいに働くのが好きな強い女の人ほど、弱くなれる場所を作ってあげなくちゃ」自分の言葉に自分で頷いてから、親父はいきなり「あ」と声を上げた。

「なんだよ」

「今、僕は丈彦くんに説教してるね」

「してるよ。ご立派なお説を拝聴しておりますよ」苦い顔で言い捨ててやったが、もとより皮肉の通じない親父だ。両手を合わせた祈りの姿勢で、天に目をやった。

「有り難い。ママ、ようやく父と息子の会話ができたよ。丈彦くんが生まれたとき、僕は嬉しかった。息子を持つのが夢だったんだ。まず、パパと呼んでもらう。それからキャッチボールする。そして、思春期の悩みを聞く。一緒に酒を飲む。それから、恋人を紹介してもらう。やがて、孫の顔を見る。それを楽しみにしてた。キャッチボールやファミコン遊びまではできたけど、それから後はね。まあ、僕のせいなんだけど」

親父は肩を落として、しばし瞑目《めいもく》した。だが、すぐにぱっと開けた目は輝いていた。

「だけど、恋人を紹介してもらった。その次は悩みの相談だ。嬉しいなあ。僕はダメな男だけど、女の人に関しては場数踏んでるからね。教えてあげられることは山ほどあるよ。ようやく、丈彦くんと差しで話せるようになったんだねえ。生きててよかったよ」

「思い上がるのも、いい加減にしろ」手を出す代わりに、強い語調で叩きつけた。「相談なんかしてないよ。琴絵ちゃんとのことを確かめたかっただけだ。あんたに何か教えてもらうなんて、冗談じゃない。母さんは、あんたみたいになるなって言ってたんだ。俺もそう思ってる。ずっと、そう思って生きてきた。これからもだ」

さすがに親父の顔から輝きが消えた。かわりに、憐れむような気遣いの翳《かげ》がさした。

「丈彦くんは、全然わかってない」

ぽつりと言われ、あまりむかついたので言葉が出ない。丈彦は壁にもたれて、宙を見つめた。

「琴絵さんが言ってたよ。丈彦くんは、病気の子供とおんなじ目をしてる。生きてることを十分楽しめない、そして、それが自分の運命だと恨めしく思ってる。なんとかしてあげたいって。僕はそう言われて、落ち込んだよ。丈彦くんが不幸だなんて、悲しいよ」

「なんだよ、それ」怒りの矛先《ほこさき》が琴絵に向かった。

「もろ、看護師の発想じゃないか。看護師の自分と本当の自分は違うみたいなこと言っといて」

「だろ？　それが女心の困ったところなんだよ。僕もそれで苦労してきた。昨日と今日で、言うこと全然違うんだから。平気で矛盾《むじゅん》してるんだよ。だけど、それが女の人ってものなんだ。だから、何を言われても言い返しちゃいけない。はいはいと承《うけたまわ》る。それが女の人を安心させる、秘法献身の術。琴絵さんは強い人だからこそ、年下のきみに甘えるのを恥ずかしいと思ってる。だから、丈彦くんに意見されたら弱音をひっこめちゃうんだ。だけど、女の人は甘えさせてあげなきゃ。甘えるばっかりじゃダメだよ、丈彦くん」

「母さんに甘えっぱなしだったのは、誰だよ」

「ママは、僕に甘えてたよ。丈彦くんは、僕がママを食い物にしてきたって思ってるだろうけど、僕だって男だもの。世の中から降りたみたいな生き方は忸怩《じくじ》たるものがあった。でも、ママみたいに働くのが好きな強い女の人がエネルギッシュな男とくっついたら、どうなると思う。競争が始まるんだ。それじゃ、家庭を持つ意味がない。ママに必要なのは、弱くなって全身を投げ出せるベッドだった。だから、僕はその役割に徹すると決めたんだ。そりゃ浮気をしてママを悲しませたこともあった。でも、決してママを捨てなかった。丈彦くんは知らないだろうけど、ママだって浮気はしたんだ。だけど僕は知らない振りをした。ママにしたいようにしてもらった。それがどんなに苦しいことか、きみには全然わかってない」

「……えらそうに」

　他に言う言葉がない。

　母が浮気をした？　あの母が。それに、琴絵の言ったこと。丈彦が好きなのは看護師の琴絵なのだとか、彼自身も病気の子供みたいだとか、思いもかけなかったことばかりで、ショックだ。言われてみると思い当たるから、余計に。

全然わかってない丈彦。

確かにそうなのだろう。親父みたいになるまいと思っていた。最低の男だと思っていた。だが、親父は自信満々だ。そして俺は、自信がない。自分をさしていいやつだとも思えない。だから、琴絵が愛してくれるのが嬉しかった。この人しかいないと思った。その彼女との絆《きずな》がぐらついている。

惨めだ。孤独だ。置き去りにされた子供みたいな気分だ。この自分を、どうしたらいいんだろう。

「献身だよ。丈彦くん」

背中に手を感じる。いつのまにか、立てた両膝の上に顔を伏せていた。かたわらに親父が座り、背中をポンポン叩いている。ぐずる子供をなだめるように。

「献身する男を、女の人は大事にしてくれる。きみのしたいようにすればいい、どうしようと自分はついていく。琴絵さんは、丈彦くんにそう言ってほしいんだ。僕なんか、転びそうになったところにたまたま居合わせた電信柱みたいなもんだ。愛されてるのはきみだよ、丈彦くん。だって、きみは元々いいやつなんだから。なんたって、パパとママの愛の結晶のべイビーボーイだ。パパの言うとおりにしたら、琴絵さんはもうきみから離れられない。死ぬまでママに愛されたパパの言うこと、だまされたと思って一度くらいは信じてみないかい」

「やめてくれよ」丈彦は立ち上がった。

「なにがベイビーボーイだ。気持ち悪いことばっかり言いやがって。あんたの指図は受けないよ。もう帰ってくれ」

「丈彦くん」

　丈彦は息を整えて親父を見下ろし、低い声で言った。

「わかってないのは、あんただよ。何もかも自分の都合のいいようにねじ曲げて。あんたと話し合うのなんか、時間の無駄だ。俺は絶対、あんたみたいな男にならない。もういいから、あの人のところに帰れよ」

「丈彦くん、なんなら琴絵さんには僕から」

「もういいってば」

　丈彦は親父の腕をつかんで、立たせた。親父の背が低くなっている。抵抗する力もない。簡単に玄関まで引っ張っていけた。

「じゃあな」そう言って外に押しだし、鍵を閉めた。

「丈彦くん」

子犬が鼻を鳴らすような呼び声が一度聞こえたが、それっきり親父は黙った。丈彦はドアに寄りかかり、遠ざかる足音を聞いた。

パパのベイビーボーイ。懐かしい言葉。幼稚園の頃くらいだろうか。よくそう言われていた。親父は丈彦を肩に抱え上げ、くるくる回った。嬉しくて楽しくて、息が切れるまで笑ったものだ。

愛されていた。確かに、そうだ。自分勝手な男だが、親父は息子といることを楽しんでいた。息子を笑わせて、喜んでいた。

喜んでもらうと、嬉しい。サンタクロースになったときのことを、丈彦は思い出した。もしかしたら、あれが献身の喜びか？　慰めや励ましの言葉が言えなくて、ただ掌を頭にのせたら、子供は笑った。

しばらく、考えた。すごく、ためらった。そして丈彦は、ズボンのポケットから携帯を出した。

かなり待ってから、琴絵が応えた。

「……はい」

丈彦は深呼吸した。そして、ひと言ひと言ゆっくり言った。琴絵ちゃんのしたいようにしたらいい。僕はそばについていたい。琴絵ちゃんがそれでいいと言ってくれたら。

どうだ。親父が教えたのより上級編の献身宣言だぞ。
心が浮き上がる。大きな温かい手で、天高く持ち上げられたように。

きみ去りしのち

1

有子《ゆうこ》の母親が死んだという知らせがあったのは、早朝六時だった。

八カ月前、卵巣に癌が発見されたとき既に末期だと宣告されていた。抗ガン剤と放射線による治療で余命半年と予告された期限を乗り越えたので、もう少しもつかもしれないとわずかながら気を緩めた矢先に具合が悪くなり、入院したところだった。

剛《つよし》はこのところ毎日、心の中で訃報を聞いたときにどう振る舞うか、予行演習をしていた。やることは、ひとつである。有子を抱きしめて、思う存分泣かせてやるのだ。その場面を思い浮かべるだけで、不謹慎だと思いながらも、うっとりした。

母親の癌宣告を聞いてからの有子は、そのことで頭が一杯になった。それは当然のことではあるが、「母親に精神的に依存している女のマザコン」と自己申告している有子の情緒不安定は並ではなかった。

三十の大台に乗っても結婚する気を見せない有子を一番理解してくれたのは、母親だという。大手企業のOLをやめて友達と一緒にアジア雑貨専門のバイヤーを始めるときも、母だけが賛成してくれた。お金に困ったら、できるだけのことはしてあげる、あんたの夢をわたしの夢にすると言ってくれた。

そして、アジアもののブームが来て、小さいながら銀行の融資を受けて会社組織を作り、先行きに希望が持てるようになったのを見届けたところで、ガクンと弱くなった。

「お母さんは、自分のぶんの運をわたしにくれたのよ」

癌宣告を聞いたその日に病院から電話をかけてきた有子は、泣きながらそう言った。

付き合っているとはいえ、母親には会ったことがない。だから、電話を聞いた剛の鼻の奥がつんとしたのは、有子からのもらい泣きである。

大量の抗ガン剤投与が続いた入院中は苦しんだが、退院して家で療養するようになってから、母親の体調はましになった。癌の進行状況は人によるというから、楽天的で前向きな母なら案外共存して生き延びるかもしれない。

そう思ったときの有子の喜びようも尋常ではなかった。元気なうちに旅行でもしようと、すごい勢いでパンフレットを集めたりした。

おおむね電話で、ときには実際に会って、剛は有子の上下する感情に寄り添った。有子は涙こそ見せなかったが、感情が爆発しそうになると無言で剛にしがみついた。大風に見舞われたものが柱につかまるように、身体を縮めて剛の胸に頬をこすりつけた。

頼られて、剛は恍惚となった。人を守っている快感は、かなりのものがあった。脳内にエンドルフィンが充満するのを感じる。ああ、これって癖になるかも。こうして抱きしめることで有子は安らぎ、自分も気持ちいい、こんな一挙両得、やめられるかと思った。

しかし、二週間前に母親の病状が悪化して再入院すると、有子からの連絡は途絶えた。予断を許さぬ状況がうかがわれ、剛も落ち着かない日々を送った。そして、とうとう知らせが来たのだ。

「そっち、行こうか」と申し出たが、有子は抑揚《よくよう》のない口調で断った。

「いい。家に連れて帰るだけだから、家族だけでやる」

「あの、お通夜とか葬式は」

「今、兄が葬儀屋さんと話してる。お通夜は今夜になりそう」

「何かできることがあったら、言ってよ。やるから」

「ありがとう。でも、今、何にも思いつかない」

「そう……」

「じゃ」

「うん」

電話は向こうから切れた。途端に、悔やんだ。もっと何か、言うべきことがあったのではないか。

ご愁傷さまと言うべきだったか。でも、それではあまりにありきたりだ。だからといって、元気出してというのも言いにくい。親が死んだばかりの人に「元気を出せ」なんて、デリカシーがなさすぎる。「頑張って」も、そうだ。「僕がそばにいるからね」というのも、ちょっとなあ。言ってみたいけど、やっぱ、恥ずかしいぜ。

だが、そんな歯の浮くような台詞《せりふ》を違和感なく言えるとしたら、今が最大のチャンスだったんじゃないか？

僕がそばにいるからね。ワー。

思い浮かべるだけで、照れまくる。だけど、言ってみたい。言ったら有子はどんな顔をするだろう。きっと、泣いちゃうだろうな。

考えてみたら、付き合っているというのに愛の告白めいたことは言ったことがなかった。抱き合って、キスして、セックスもして、そういう関係になれば、ボディトークがすべてになる。でも、言葉で泣かせてすがりつかれるのは、セックスで燃えるのとは別のエクスタシーがあるんだよ。

よし、チャンスだ。

お母さんの代わりにはならないけど、僕がそばにいるよ。有子が立ち直るのを、そばで手伝うよ。

そう言うぞ。

心に決めて喪服をとりだし、黒いネクタイを締めながら、鏡に向かって頷いた。

2

剛は、有子が商品を卸している店舗に足拭きマットとモップを提供するメンテナンス会社の営業マンだ。きちんとしたパンツスーツの有子がクロスの端切《はぎ》れを店主に見せて、バティックがどうのパシュミナがどうの言っている横で、アイボリーの作業服を着た剛は床に這いつくばってマットを新しいのに交換する。店頭で鉢合わせするたびに笑顔で挨拶するだけだった二人がデートをするようになったのは、同い年だからだ。

あるとき、剛がいつものようにマットとモップの交換に行くと、有子がひとりでディスプレーを直していた。店主に急用ができたので、しばらく店番を申し出たのだという。彼女の足元にしゃがみこんでマットを巻いていると、携帯が鳴った。ほぼ本能的にズボンの後ろポケットから携帯を取り出したとき、剛の頭上で短い笑い声がした。見ると、有子も携帯を耳に当てている。着メロが同じだったのだ。『セーラー服を脱がさないで』。

ちょっとしたショックで携帯を構えたまま静止した剛に、有子は笑いながら手真似《てまね》で話をするよう促した。

業務連絡を終え携帯をたたむと、有子は片手で顔を覆い「あちゃー」のポーズをしてみせた。

「恥ずかしい」

「いや、恥ずかしいのはこっちですよ。レベルの低さがバレバレで」

「でも、好きだったんでしょう。男の子だもの、当然よ」

「そういえば、女の人でおニャン子着メロにしてる人、初めて会いました」

「わたしはおニャン子になりたかった組。中学生になったら応募しようと思ってたのに、番組終わっちゃって」

「僕もコンサート行きたかったけど、兄貴が連れてってくれなかったんですよ。親にも止められてましたからね。『セーラー服を脱がさないで』なんて、小学生が歌うのは問題ですもんね」

「小学生？　失礼ですけど、あなた、おいくつ？」

ということで、同じ一九七四年生まれとわかった。おニャン子の中で好きだったのは国生さゆりというところまで一致し、『ねるとん』を夢中で見ていた話で盛り上がった。

「僕は三つ上の兄貴の影響が大きかったんですよ。兄貴が大人の世界への入口って感じで、何でも真似してたから」

「わたしはとんねるずのファンだったから」

そこで剛が目をむいて石橋の物真似をし、有子はキャーキャー笑った。有能な営業ウーマンらしく、如才ないが愛想もない女に見えていた有子の印象がガラリと変わった。

「なんか、不思議」

笑いすぎでにじんだ涙を指で拭って、有子がしみじみ言った。

「初対面なのに、昔から知ってる人みたい。それも、おニャン子が好きなんて」

「この歳になったら、ちょっと言えませんよね」

「でも、着メロにしてるじゃない」

「ま、受け狙いもあるんですけど。そっちこそ、女性でこれはまずいんじゃないの。ジョークにしちゃ、エロいですよ」

「これだったら、人とかぶらないと思ったのよ」

「でも、かぶっちゃいましたね」

有子は無言で頷いた。微笑んで見つめあう感じがとてもよくて、剛はあせった。また会いたいと、言ってもいいだろうか?

そのとき、店のオーナーが帰ってきた。剛はとっさにポケットから名刺を出して、有子に渡した。

「何かありましたら、よろしくお願いします」

「あ、じゃあ、わたしも」

有子がバッグの中から名刺入れを取りだし、一枚くれた。

「携帯の番号も書いてありますから」

わざわざつけ加えて、うっと小さく吹き出した。着メロに関する思い出し笑いだ。オーナーが怪訝《けげん》な顔つきで二人を見比べた。剛は嬉しかった。二人だけに通じる笑いだ。その笑顔は、いつでも電話してと伝えていた。

剛は汚れたマットとモップを突っ込んだ袋を抱え、オーナーと有子の両方に営業マンらしい快活な挨拶をして外に出た。

電話をかけるのは、一晩待った。すぐに連絡するのは、がっついているようで恥ずかしかったからだ。よかったら、ビールでも飲みながら話をしたいんだけどと誘った。カラオケで『セーラー服を脱がさないで』を歌ってもいいし、とんねるずのコントをふたりで再現してみるのも面白いかも。

「それ、いいね」と、有子は答えた。

デートをしてみると、とにかく話が合う。ドラマやスポーツ中継より、とんねるずやナインティナインが司会をする番組を好んで見ていること。ネプチューンのホリケンをひいきにしていること。いまだに『プロジェクトX』を見て泣くこと。そして、それらの事実を職場では秘密にしていること。

「だって、三十だもんね」

そう言って顔を見合わせたとき、特別な感じがした。価値観と、現実に対する違和感が共通している。楽しくて嬉しくて、出会って三カ月後には恋人と呼んでもおかしくない関係になった。

そうして馴れあうと、有子は剛を子供扱いし始めた。通販雑誌でべた褒《ぼ》めされている紙製スピーカーの話をすると、「この間、プロもおすすめのCDプレイヤー買ったばかりじゃない。無駄遣いはだめよ」と、母親のような口をきく。

「だから、どっちの音がいいか、聴き比べてみたいじゃない」

「ゆっくり音楽聴くっていうタイプじゃないくせに。あのCDプレイヤーだって、この間見たら埃かぶってたよ。つんちゃんは、買うのが好きなのよね。ダイバーズウォッチあんなにたくさん持ってるのに、プールにだって行かないじゃない」

「プールでダイバーズウォッチしてたら、笑い者だよ」

剛はつい、唇をとがらせる。しかし、それと悟られないくらい小さくとがらせ、こっそりつぶやくのだ。だが、有子は容赦しない。

「揚げ足取らないでよ。言葉の綾じゃない。わたし、嫌いなのよ。ダイビングしないのに、ダイバーズウォッチして街を歩くような人。いかにも、表側にしか興味がないみたいで」

「格好だけで買ってるんじゃないよ。便利なんだよ。防水加工してあるし、文字盤大きくて見やすいし。洪水で街が水浸しになったとき、役に立つぞ、きっと。備えあれば憂いなしだ」

剛のこういう反論を、有子は子供っぽさの極みだと言う。

「説得力ないんだもの。ただ、屁理屈で自己弁護してるだけ。僕はこれが好きなんだよって、そう言うだけのほうがよっぽど大人っぽくてカッコいいのに」

「だから、言いたいのはそれだよ。ダイバーズウォッチが好きだし、いいオーディオで音楽聴きたい。僕はそういう人間に生まれついてます」

「――つんちゃんが言うと、やっぱり子供っぽい」

最近、飲み過ぎよ。煙草、やめなさい。貯金してる? 肉を食べるときは、野菜もたっぷりとらなきゃだめよ。いい歳して、ケンタッキーフライドチキンが最高においしいなんて言わないでよ、情けない。口にものを入れたまま、しゃべらないで。

一回のデートにつき最低二回は、教育的指導を受けた。だが、剛はあれこれ口出しされるのが嫌いではない。それはつまり、有子が剛のことを考えている証拠だからだ。

そんなこんなで幸せ一杯の最中に、有子の母が病魔に倒れた。そして、二人のことだけを考えていればいい時期は終わりを告げた。

思わぬ事態に、剛は緊張した。

お互い、仕事に関する愚痴を言い合うことはあったが、どちらかがこれほどハードな体験にさらされたことはなかった。恋人としての存在感をどう示すか試されるのだと、剛は思った。

母親の闘病中、有子の関心はそっちに集中した。携帯の着信音も普通のベルに変えた。こんな状況では他にふさわしい音がないという。剛も腫《は》れ物《もの》に触るような気持ちで、及び腰だった。そんな八カ月が過ぎて、母親は死んだ。有子の心に大きな穴があく。

自分の出番だ。

3

通夜は寺で行われた。

六時からという開始時間より早めに来てみたが、寺の中は既に人でごった返しており、黒いワンピースを着た有子は泣くどころか、殺気立っていた。

とにかく、周辺が騒がしい。小学校低学年くらいと幼稚園児とおぼしき男の子二人が狭くて急な寺の外階段を駆けめぐるうえ、青い顔をした妊婦とのけぞって泣き叫ぶ赤ん坊を抱いて途方に暮れている若い男のそばで子供に負けじとビービー泣いている女がいる。

有子はその真ん中で、走っては弔問客にぶつかる子供を叱《しか》り、いかめしい顔つきの中年男と口論し、葬儀屋らしき黒服の質問に答えていた。

剛がなんとか隙をみつけて声をかけると、「ああ、ありがとう」と素っ気ない。そして、事務的な声でそこにいる人々を紹介した。

いかめしい中年男が長男で、すっかり気落ちして茫然自失の父親に代わり実質的に喪主を務める。妊婦はその妻で、走り回る二人の男の子は甥《おい》。泣いているのが妹で、二人の間に生まれた娘を抱いているのがその夫。

兄と妹はそれぞれの家族と別の土地に住んでおり、独身の有子が両親と同居しているということは聞いていた。恋人の家族と顔合わせするというのはドギマギするものだが、今はそんな余裕はない。有子の紹介も、剛のお悔やみに対する彼らの返礼も形だけで、すんだらさっさと立ち去ってほしいといわんばかりに場から弾き出された。

何かすることはないかとキョロキョロまわりを見回してみたが、誰かが困っている様子もない。考えてみたら、何かできることがあるかどうかもわからないのだ。香典の額も焼香の手順もわからず、親に電話をかけて教えてもらったくらいだ。

剛はまだ家族を喪《うしな》った経験がない。葬式に出席したことはあるが、どれも儀礼的なもので、いくら包んだとかセレモニーがどのように進んだとか、まるで記憶に残っていなかった。

所在なく本堂の後方で爪先立ちして、有子の様子をうかがった。次々と剛の知らない弔問客が現れ、有子は対応で忙しそうだった。

弔問客の中に男がいると、有子を泣き崩れさせる役まわりを横取りされはしないかと不安で一杯になった。だが、有子が泣き顔を見せたり抱きついたりするのは女友達ばかりだった。今のところ、付き合っている男は自分だけのようだ。有子は二股かけるような女ではない。剛は自分にそう言い聞かせた。

それにしても、暇だ。仕方なく、外に出て煙草を吸った。

寺自体は瓦屋根を載せた寺院建築風だが、敷地内に寺の名前を冠した貸しビルと有料駐車場がある。ビルのテナントを見て、驚いた。

居酒屋に美容院にクイックマッサージという店子《たなこ》はいかがなものか。寺のビルなんだから、雰囲気というものを考えるべきじゃないか。病院はまずいだろうけど、学習塾とかヨガ教室とか花屋とか紅茶の専門店とか、他にいくらでもあるだろう。

寺の節操のない経営に突っ込みを入れていると、しめやかな鐘の音が細く聞こえてきた。

剛はあわてて寺に戻った。

一番前の席でぼーっと遺影を見つめる禿頭は、父親だろう。事務機器メーカーの開発部員だったが、定年退職後はうちでぼんやりしていると聞いていた。その横で、有子がうなだれている。いつもは肩に垂らしているストレートヘアを後頭部に小さくまとめている。そのせいで、うなじがよく見えた。なんだか、ドキドキさせられる。喪服の女は色っぽいって言うけど、ほんとだな。不謹慎と戒《いまし》めつつも、剛の心はついフワフワと浮ついてくる。

葬儀屋の芝居がかった司会に合わせて、キラキラした袈裟《けさ》を羽織った白髪の住職が頭を青く剃《そ》り上げた若い坊主を従えて現れ、渋い喉声で朗々と読経した。

焼香するとき有子の顔を見たが、有子は目を伏せ、機械的に頭を下げただけだった。通夜が終わると、今度は人に囲まれている。順番待ちをして、ようやく向かい合ったが「きょうは、どうもありがとう」と言うだけだ。

「何か、することある?」

「ううん、ない。今夜はここに泊まるの」

「電話しないほうが、いいよね」

　そんなことない、電話して。そう言ってほしかったが、有子は「そうね」と答えた。

「多分、ちゃんと話できない。頭が回らないのよ。病院の支払いもまだだし、家の中もグチャグチャだし、休む間の仕事の段取りもあるし」

「手伝えることあったら、すぐに電話してよ。片付けものとか力仕事、何でもやるから」

「うん、ありがとう」

　それで、終わりだ。人目があるから、抱き寄せるなんてできない。有子は心ここにあらずといった体で、話している相手が剛だとわかっているのかさえ不安なほどだった。

　翌日の葬式でも、事態は変わらない。遺族は一番前の席。剛は一番後ろの端に座り、有子のうなじを眺めるだけだった。焼香をするときにようやく顔を見るが、有子は目を上げもしない。恋人として公認されそこねた（と感じた）身の上で焼き場までついていくのははばかられて、霊柩車に向かって手を合わせただけで終わった。

　こういうときは、どうすべきなのか。既に結婚している兄貴に相談してみたが、ほとぼりが冷めた頃に電話してみろと言うだけだ。

　親に死なれたショックのほとぼりって、どのくらいで冷めるんだよと口を尖らせると、四十九日が過ぎた頃じゃないか、昔から四十九日目を忌明けにしてるんだから、そのくらい経ったら気分も落ち着くってことだろう、よく知らないけど——と、なんともいい加減だ。友達にもいろいろ訊いてみたが、女房の親が死んだのならいろいろすることがあるが、付き合ってる彼女の場合はそっとしておくしかないよなというのが大方の意見だった。

仕方なく、待つことにした。四十九日というのがいつなのかはっきりわからなかったが、有子に電話して訊くのも気がひける。香典返しが届くのを目安にしろと兄嫁に教えられ、ひたすら待った。

指折り数えたその日にビビりながら携帯で呼び出すと、「はい」と出てきた有子の声は思いのほか明るかった。ほっとして、つい「元気そうじゃない」と言ってしまった。予定では「大丈夫?」と渋く気遣ってみせるつもりだったのに。まずいとホゾをかんだが、有子は仕事に復帰して今は打ち合わせの最中なのでメソメソしていられないと軽く笑った。久しぶりに聴く有子の笑い声に、剛はゾクゾクした。

剛は有子との間ではメールを使わないと決めていた。声を聞かないと、感情がつかめないからだ。付き合っていれば、なおさらそうだ。声を聞かずに文字だけのやりとりで喜んでいるカップルの気がしれない。電話を通して聴く肉声ほどセクシーなものはないのに。

「きょう、会える?」

問いかける剛の声も、おのずと低めになる。

「うーん、まだいろいろあって忙しいからゆっくりはできないけど、そうだな、気晴らししたいから、ちょっとだけね」

ちょっとだけでもいい。久しぶりだから、できたらヤッちゃいたい、などとは思わないようにした。まだ失意から立ち直っていないだろうし、そんなときにヤリたがったら、いかにも思いやりがなさそうでカッコ悪い。まあ、有子が求めてきたら別だけど。

あくまでも、有子のことを気遣っているという印象を与えたい。グイグイ押すよりひいてみせるほうが、人間が大きく見えてカッコいい。

約束したカフェに向かいながら、剛の頭はそうした思惑で忙しかった。しかし、人生というのは、思惑通りには決して動かないのだ。

4

「もう！　聞いてよ」

アイスカフェラテ・グランデのカップをドンとテーブルに置き、剛の前に座った有子が放った第一声は、これだった。

やたらとテンションが高い。「久しぶり」とか「この間はありがとう」と弱々しく微笑むか、何も言わず沈んだ目つきで剛をじっと見つめる――と描いたシナリオがいきなり、こっぱみじんだ。

「知ってる？　人が一人死ぬと、後始末がめっちゃ忙しいのよ。健康保険やら年金やらの停止届けでしょ、仏壇と位牌の手配でしょ、それから、生命保険受け取りと預金口座解約の手続き。それには家族全員の戸籍謄本と住民票と印鑑証明を揃えないといけないのよ。うち、本籍地は別だから郵送を頼むんだけど、手数料が高い上に郵便小為替で送るのよ。そのために、郵便局に行かなきゃいけない。本来は、お父さんの仕事なのよ。だけど、お父さん、もう腑抜《ふぬ》け。お母さんが死んだこと、認めたくないのよ。だから、死後のそういう手続きの書類を見るのも嫌なの。わたしがそういう相続手続きをやるから、香典返しの手配はお義姉さんがするって決まってたのに、お葬式が終わったと思ったら妊娠中毒でぶっ倒れて入院よ。兄は葬儀のストレスでそうなったんだから、お義姉さんには何もさせないでくれ、死んだ者より生きている者が大事だって言うのよ。ひどい。わたしのストレスはどうしてくれるのよ。じゃあ、妹にと思ったけど、あの子はルーズだからリストのチェックみたいな確認作業、任せられないのよ。それに、あの子呼んだら、亭主がついてくる。こいつがカード破産寸前っていう人物なのよ。香典のそばに近寄らないか見張ってるだけで疲れたんだから、実印だの戸籍謄本だのがある間は家に来させるわけにいかない。それから、税金の申告もあるのよ。お母さん、家で通信教育の添削のバイトしてたの。励みになるからって家にいる間は続けてたから、雀の涙だけど振込があったのよね。その明細見て、書類作らないといけない。まだ、ある。四十九日に誰を呼ぶか、精進落《しょうじんお》としはどこでやるか、そういうことも決めなきゃいけない。それ、ぜーんぶ、わたしがやるのよ」

これだけのことを、怒濤《どとう》の勢いで一気にしゃべった。剛は目を丸くするばかり。あまりの迫力に、出てきた言葉はこれだけだ。

「――大変だね」

有子はグランデのカップをわしづかみして氷ごとグイ飲みしながら、あいている左手を激しく振った。

「まだまだ、こんなものじゃないんだから。墓地は買ってあるけど、墓石がまだなのよね。お母さんの病気がわかった時点で注文すればよかったんだろうけど、そのときはとてもそんな気になれなかったのよ。で、結局、今になって作ることにしたんだけど、墓石屋の営業がすごくてさ。お通夜の準備してるときから、香典返しと墓地と墓石と精進落としの料理屋の売り込み電話やらパンフレットやら営業マンやらが押し寄せてくるのよ。訃報の広告、断ったのに。あれ、どうやって知るんだろう」

「役所の死亡届受け取る係が、情報流すんじゃない？」

「人が死ぬのを待ち受けてるわけね。やな商売」有子は眉を寄せて唸《うな》った。

「商売といえば、坊さんよ。死んですぐの枕経《まくらぎょう》、お車代、それからお通夜とお葬式のお経料に場所の使用料、初七日のお経料、それからご存じ戒名料、こういうの、その場で現金で払うのよ。しかも言い値。全部でいくら払ったと思う？」

えー、わかんないな。でも、と宙を睨んで考えてみる剛の答を待たず、有子はぴしゃっと吐き捨てた。

「五十五万よ。五十五万！　領収書なしの現金払い。まさに、坊主丸儲け。そのうえ、寺だから税制優遇されてるんでしょう。だからって、無宗教でやるわけにもいかないのよね。病院は人が死ぬとすぐに葬儀屋に連絡しろって言うし、葬儀屋は来たと思ったらお寺はどこですかって訊くのよ。そういうシステムになってるのよ。そこから逃れたかったら、生前にしっかり決めておかないと。なんにも決めてないと、自動的に寺のやり方、寺の言い値で全部決まっちゃうんだから。ま、いいこともあったけど」

ようやく、一段落だ。

「いいことって？」

ほっとして訊いた。いいことと言ったときの有子の声音が、和らいだからだ。

「ご住職さんと修行中の息子さんが、いい人たちなのよ。お母さんは檀家付き合い、ちゃんとしてたけど、わたしはお寺に行ったこともなかったから初対面だったのね。そのうえ、最初からお金を用意しなきゃいけないから、もう敵意で一杯だったんだけど、息子さんがすごく優しくて、何かと心の乱れる日が続くことでしょうから法要のしきたり以外でもわからないことがあったら訊いてくださいって言ってくれたの。檀家さんをお助けするのが寺の務めですからって。戒名もいいのよ。常に真を尽くした人っていう意味でね。あんなもの意味ないと思ってたけど、お母さんのパーソナリティーを現す字を使ってくれたのを見ると、いかにも人生を締めくくったって感じで感動しちゃった」

坊さんがいつのまにか、ご住職に格上げされている。

「税理士さんも紹介してくれるって言うのよ。多分、相談したいことがいろいろ出てくるだろうからって。葬式いっぱい見てるから、遺族がどんなに大変か知ってるのね。税理士なら書類の取り寄せや銀行口座の解約手続きなんかも代行してくれるって、教えてくれた。なんなら、頼もうかなと思って」

「でも、手数料とられるだろう。言ってくれたら僕が手伝うよ」

「個人のプライバシーに関する書類は、他人に頼めないのよ」

有子は氷をガリガリ嚙み砕き、あっさり否定した。他人という言葉の冷たい響きに、剛はヒヤリとした。

「家族以外だと依頼書が要るのよね。税理士とか行政書士とか弁護士とかなら依頼書一枚でオーケーだけど、まったくの他人というのはいろいろ訊かれて大変みたいよ。今は本人証明とか、うるさいじゃない。だから、父が行かないなら戸籍に載ってるわたしが行くしかないの。父の世話もあるし、もうクタクタ。お金ですむなら、そのほうがいいかもしれない」

「仕事、休めば」

「それやっちゃったら、そのまま寝込んじゃうよ、きっと。仕事してると、気が紛れるの。これは発見ね。親が死んでも、子供とか仕事とか、気持ちを集中する対象があると早く乗り越えられるみたい」

恋人は、気持ちを集中する対象にならないのだろうか。悲しみを乗り越える力にならないか？

手をこまねいている剛の目の前で、有子はさっさと財布を出した。

「帰るの？ 久しぶりに夕食どうかと思ったんだけど。スタミナつくもの、おごるよ」

「ありがとう。でも、お父さん、一人だとご飯食べないのよ。もう少し落ち着いて誰か人を頼めるようになったら、誘ってね」

さして残念そうでもなく、スラスラと言う。

「じゃ、せめて、ここはおごる」

「ありがと」

「送ろうか」

「いい。疲れたから、そこでタクシー拾う」

「夜、電話して、いい？」

「それなんだけど」

腰を上げかけていた有子は再び椅子に座り、携帯を開いた。

「これから、連絡はメールにしない？　つんちゃん、メルアド持ってるわよね」

「――あるけど」

「じゃあ、ちょっと見せてよ。登録するから。いろいろあるから電話だと出られないこともあるし、出ても機嫌悪い可能性が高いの。なにしろ、こんな状態だから。関係ないつんちゃんに嫌な気持ち伝染させたくないのよね」

関係ない。それはどういう意味だ。恋人だと思っていたのは、自分だけなのか。

暗然たる思いで、剛は携帯を有子に渡した。有子はその場で二つの携帯を操って、剛の携帯にメールを送り、登録するところまでやった。そして、剛に戻して儀礼的ににっこり笑った。

「これでオーケー。なんだか慌ただしくて悪いけど、きょう会えて嬉しかった。お先に」

さっと立ち上がり、早足でカフェを出ていった。一度も振り返らなかった。

二人の関係では何事につけ、有子が姉さん気取りでリードする。それはいつものことだ。だが、剛は初めて有子の気持ちを疑った。

自分は一体、なんなのだろう。ただのセックス付き友達か？　それとも、母親の死という極限状態にさらされて、剛の存在感がふっとんだのか。

わかったのは、有子には剛に頼る気がないということだ。

ひどく侮辱されたような気がした。剛を嫌な気持ちにさせたくないというその言葉が、言い逃れに聞こえた。この非常時に電話なんかかけられたら迷惑だと、はっきり言えばいいじゃないか。母親に死なれて悲しいからって、人をゴミ扱いしていいものだろうか？

こっちの気持ちを思いやる余裕のない有子の状態を察しろと自分に言い聞かせてみたが、話している間中、有子の目がまともに剛を見なかった事実が苦くよみがえる。

それでいて、寺の息子の話をしたときは、空に向けた眼差しにお星様が浮かんだ。

青く剃り上げた頭が目に浮かぶ。あいつは、いくつなんだろう。墓のこともあるし、四十九日だ新盆だ彼岸だと、当分は寺との付き合いが続く。修行中とはいえ坊さんなら、有子の喪失感を慰める言葉も豊富だろう。加えて、税理士を紹介するとか、現実に有子を悩ませている事々への処方箋も持ち合わせている。

一時的な気の迷いと割り切ればいいのだろうか。時が過ぎて、すべての後始末が終わり、母のいない日々に馴染んで有子が落ち着きを取り戻したら、また以前のような気の置けない関係に戻れるだろうか？

剛は自信を失った。有子への無邪気な信頼を失った。そもそも、何を根拠に二人が恋人同士だと呑気に思い込めたのだろう。

一人取り残されたテーブルで背中を丸め、剛は有子のメールを開いた。タイトルに「メール確認」とあるだけだ。何のメッセージもついてない。アドレス登録のためだからそれでいいのだが、自分だったら笑えることとか優しいことか、でなければなかなか言えなかったひと言、それらを全部ひっくるめて「愛してます」と書き込むのに。

そうか。さっき、メルアド登録を口実にやればよかったんだ。今頃気がついても、遅いんだよ。

剛が言えるのは、これだけだ。

俺って、バカ。

5

バカはバカなりに考える。

もうずっと、デートをしてない。ということは、セックスもしてない。このまま終わってしまいそうで怖いが、だからといって喪中の有子に自分とのことをどう思っているのか問いつめるなんて、いかにもデリカシーがなさそうで、とてもできない。

どちらにしろ会わないことには、肉体的接触はかなわない。だから、会うのだ。口実は、お盆のお参り。

ちょうど、会社も盆休みだ。何もなければ、有子と海に行くつもりだったのに。せんないことをぼやきながら、暑い最中、一束三百円で売っていた白と黄色の小菊をぶら下げ、グレーのスーツに黒ネクタイでしゃっちょこばって、剛は有子の家を訪ねた。

送ってきたことはあったが、中に入るのは初めてだ。スチールの門扉を押し開けてアプローチに入ると、塀の内側にたてかけたオールドルックのカワサキが見えた。玄関の靴脱ぎには、ゴアテックスのライディングシューズ。よもや、妻の死のショックで引きこもりになっている父親のものではあるまい。

誰か、来ている。

「まあ、暑いのに、どうもありがとう。どうぞ、あがって」

白のサマーニットにジーンズの有子が案内してくれた居間に、その誰かがいた。真新しい仏壇の前で青い頭を垂れ、小声でお経をあげている。例の「すごく優しい」小坊主だ。袖をロールアップしたTシャツにブルージーンズと格好はカジュアルだが、きちんと正座し、目を閉じて渋い色の数珠をつまぐる様子は、さすがに決まっている。傍らにあるヘルメットが木魚に見えたほどだ。

行きがかり上、差し出された座布団に正座した剛は有子のほうに身体を傾けて囁《ささや》いた。

「きょう、法事だったの」

「ううん。新盆は兄の都合で早めにすませてもらった。きょうは、ちょっとね。相談事があって」

有子も小声だ。

「お父さんは」

「上で横になってる。誰にも会いたくないって」

つまり、小坊主と二人きりで相談をしていたというのか。でも、一体何を。墓のことか。それとも、もっと深いことか？

やがて小坊主は並んで座っている有子と剛のほうに向き直り、合掌した。「ありがとうございました」とお辞儀をする有子に合わせて、剛もなんとなく頭を下げた。

「お参りですか。ご苦労さまです。どうぞ」

席を譲られて、剛は膝で仏壇の前ににじり寄り、線香をとった。小坊主の目を意識して、手が震えがちだ。ロウソクからとった火が勢いよく燃え上がるのを吹き消しそうになって、あやうく踏みとどまった。振って消し、半分ほどになった先客の線香の横に立てる。それから、リンを鳴らす。あまりいい音がしなかったが、やり直すわけにはいかないんだろうな。手を合わせて頭を垂れたが、何を祈ればいいのかわからない。そこで、こう念じることにした。

お母さん。有子の夢枕に立って、剛とうまくやるように言ってもらえませんか。僕はあなたの娘が好きなんです。お願いしますよ。そっちでは、運命の女神と友達付き合いしてるんでしょう？

振り向くと、小坊主は剛に横顔を向け、出されたお茶をしずしず飲んでいる。剛は再び膝で座布団ににじり戻って、負けじと正座した。

有子が小坊主と剛を互いに紹介した。小坊主は明照と書いて、あきてるという名前だそうだ。

「お坊さんでも、そんな格好なさるんですね」

皮肉を込めて言うと、小坊主は「ちゃんとした法事の時は、袈裟に草履でバイクに乗りますよ。きょうはちょっと、有子さんを軽いツーリングにお誘いしたものですから」

「いろいろあって、わたし煮詰まってたから、気分転換にって」

小坊主の言葉に、有子が言い添えた。それで、二対一の構図ができた。夏の日盛りをツーリングで過ごしたカップルと、のこのこ歩いてやってきたよそ者。

「なんか意外ですね。お坊さんって、もっとストイックなのかと思った」

厭味《いやみ》が口をつく。こんなのカッコ悪いと思うが、止められない。だが、小坊主は涼しい顔だ。

「寺の運営は生臭いものがありましてね。煩悩《ぼんのう》をおつとめで浄化しきれない未熟者なもので、アイアン・ホースの力を借りております。無心になるには、役に立ちます」

「ほんとに風を切ってると、何もかも忘れるわね」

有子が大きく頷いた。それから、剛のほうを向いた。

「つんちゃんだから言うけど、今、うち、兄妹で揉めてるの。母が生命保険二口入ってて、ひとつは父、ひとつはわたしが受取人なの。で、わたし、五百万円受け取るのよね。そしたら、兄や妹が色めき立っちゃって。お母さんの遺産をわたしだけがもらったようなものだから、このままじゃ不公平だ、だから、お父さんの生命保険の受取人は妹にしろとか、不動産は兄がとか騒ぎ出したのよ。だけど、お父さんの面倒見るのはわたしなんだから、そこらへん考慮してほしいって言ったら、兄がこの際だから今のうちに父に遺産分配の遺書を書いておいてもらおうって言い出してね。毎日、お金の話。で、喧嘩。もう、うんざり」

有子は大仰に肩を落とした。

「欲って怖いわねえ。死んだ人のことなんか、どうでもよくなるのね。兄たち、お母さんの思い出話もしないのよ。口を開くと相続のことばっかり。お父さん、まだ生きてるのに。鬼よ、鬼。情けないやら怖いやらで、わたし、ほんとに落ち込んだの。だけど、ビュンビュン風を切りながらワーワー叫んだら、すっとしたわ。連れ出してもらって、よかった。ありがとうございました」

剛に話していたのに、最後には小坊主のほうを向き、甘ったるい目つきをした。

「いつでも、どうぞ」

小坊主は薄く微笑み、ふっと身じろぎして尻のポケットから携帯を取り出し、メールを見た。

「失礼。誰か亡くなったようで呼び出しがありました」

パチンと携帯を畳むと、剛に会釈し、すっと立ち上がった。そして、有子に送られて出ていった。

剛はそっと正座を崩した。両足の先端に向かって急に血が迸《ほとばし》り、たまらなくムズがゆい。足がしびれるなんて、久しぶりだ。有子が戻ってくる足音がしたので、できるだけ何食わぬ顔を装い、あぐらをかいてテーブルの下で親指を揉んだ。

有子はひざまずき、剛が持ってきた菊を挿した花器を仏壇に手向けた。そしてこちらを向くと、しんみりした調子で「お花、ありがとう」と言った。

「こんなことしか、できなくて」

剛はつい、ひねくれた。だが、有子はそれどころではないらしい。急にくつろいでひと膝乗り出すと「あの人、素敵でしょう」とニヤけた。

素敵でしょうだと？

剛はムッとした。女友達に彼氏を自慢するような口調だ。俺をなんだと思ってる。

「ちょっと決まりすぎなんじゃない。バイク持ってて、口がうまくて、ナンパ師って感じ」

「お坊さんだもの。人間ができてるのよ。ちゃんと修行してるのよ」

「だけど、カトリックの神父さんみたいに禁欲してるわけじゃないだろ。あんな格好して、ゆるいじゃん。結婚もできるんだろ」

「そうよ。まだ、そこまでは考えてないけどさ」

「そこまでって」

剛は口をあんぐり開けて有子を見つめた。一般論を言ったのに、有子は自分と小坊主の関係として答えている。

「本気なの。だって、まだ出会ったばっかりだろ」それに、俺がいるじゃないか。

有子は目を天に向けて、思案顔になった。

「そこは確かに問題だな。なにしろ、お母さんが死んだショックがさめないうちに、相続問題で揉め出したでしょう。兄たちは、実家のことより自分の家族なのよ。それぞれ、連れ合いだの子供だのと共同で権利を主張するのよね。わたしだけが孤立無援なわけ。お父さんは守ってくれないからね。わたしも誰かいてほしいって思った、ちょうどそのときに現れたから、冷静に判断できてるとはいえない」

と、自己分析しているところが冷静じゃないか。さすがは有子だ。剛は嬉しくなった。

「なにしろ、兄たちときたら、ひどいのよ。新盆でご住職さんとお墓の相談してるときに、お金の話になったらすぐに遺書の件持ち出して、結局言い争いよ。恥ずかしいったらなかったわ」

有子はまたしても、兄妹への恨み言を口にした。ずっと、こればっかり聞いているような気がする。他に話題はないのだろうか。

「そしたら今朝、電話があってツーリングに付き合いませんかって、誘ってくれたのよ。兄や妹に責め立てられてわたしが参ってるの、見てたからなのね」

そこで、ふっと笑った。

「タイミングとしちゃ絶妙よね。ほんとに、ナンパ師だわ」

「檀家の手頃な嫁や娘にはみんな、それやってるんじゃないの」

いつもの軽い応酬だ。だが、有子は顔色を変えた。

「ひどいこと、言わないでよ」

え、でも、自分でナンパ師だって言ったじゃないか。釈然としないが、とりあえず謝ろう。

「――ごめん」

だが、有子は許さない。まるで人格が変わったように、真っ赤になって言い立てた。

「つんちゃんに何がわかるのよ。ご両親とも、健在なんでしょう。頼ってた親に死なれて、それまで普通に付き合ってた兄妹と戦争が始まるのに、わたしは一人なのよ。明照さんは、それがどういうことかわかってた。だから、いろいろ力になってくれた。つんちゃんなんか、何にもしてくれなかったじゃない」

そりゃ、ないだろ。くすぶっていた思いに火がついた。

「俺は何でもするって言ったよ。それなのに、何にも言ってこなかったんじゃないか」

「言わなきゃわからないんじゃ、そもそも、わかる頭がないってことよ。思いやりがないんだわ。本当に悲しかったり怖かったりすると、何にも言えなくなるのよ。言えなくても、明照さんはわかってくれた。だからわたし、あの人の前でずいぶん泣いた。あの人、その間、ずっとそばに座っててくれた」

「そりゃ、坊さんだもの。通夜だ葬式だって、そばにいるのが仕事じゃないか。俺だって、そばにいたかったよ。慰めたり、労《いたわ》ったりしたかったよ」

だけど、遠慮してたんだ。呼んでくれなかったから。呼ばれなくても行っていいものかどうか、わからなかった。

そうだ。わからなかった。人が本当に悲しんでいるとき、どんな風になるか、わからなかった。間違ったことを言うかするかして、失望されるのが怖かった。

その弱腰がいけなかったのだ。失敗した。俺って、ほんと、バカ。

「どうして、来てほしいって言わなかったんだよ。どうして、俺のこと、頼ってくれなかったんだ。俺、そんなに頼りにならない？」

つい、恨み言を言った。

「そんなこと、ない。そうじゃなくて」

有子はうつむいた。

「お母さんが癌宣告されたときから、わたし、悲劇のヒロインになるのだけはよそうと決めてたの。親を亡くすっていうのは、特別なことじゃないでしょう。みんなが経験することなんだから。だから、ボロボロになって同情を買うような真似、したくなかった。できるだけ淡々と乗り切ろうと思った」

「だけど、あの坊さんにはえらく頼ってるみたいじゃないか」

「だから――そばにいてくれたのが嬉しくて、癖になっちゃったのよ。わたし、自分がこんなに弱虫だなんて知らなかった。でも、そうだった」

有子は開き直ったように顔を上げ、剛をまっすぐ見た。

「わたし、もともと弱いのよ。お母さんが死んだってときに強がるなんて、限界超えてる」

そう言われて、やっとわかった。

言ってくれたらなんでも手伝うよというのは、たとえば溺れかけている人に「救命胴衣も浮き輪もオールもあるよ。要るものがあったら、そう言って」と呼びかけているようなものだ。ところが、あの小坊主はただそこに居合わせたというだけで、生ける救命胴衣と化したのだ。

どこかの時点で、そばに行くべきだった。病院でも、寺での夜明かしでも、行けばよかった。存在感を示すチャンスはいくらでもあった。でも、行かなかった。そのおかげで、その場にいた小坊主に差をつけられた。

でも、まだ、決まったわけじゃない。だったら、遅ればせながら。

「俺でもいいんじゃない？　バイク持ってないけど、気分転換にどこかに連れ出すとか、泣きたいときにそばにいるとか、俺だってできるよ。やりたいよ」

剛は素直になって訴えた。遠慮してたって、いいことはない。坊さんの皮をかぶったナンパ師に負けてられるか。

「うん、でも、悪いけど」有子は少し肩を落とし、上目遣いになった。

「わたし、明照さんのこと、相当好きみたい。つんちゃんとは友達でいたいけど、前みたいには付き合えない。そんな気になれないのよ。わかってくれるかな」

有子は意地悪い目つきになった。男を振る快感に酔っているような、妙に色っぽい悪い表情だ。

剛は茫然とした。有子を見誤っていたのかもしれない。何でもリードしたがる勝ち気な姐御タイプだと思っていた。しっかり者でおおらかだと思っていた。だが、一皮むけば母親に依存するお気楽娘だったのだ。そして今、突然目の前に現れた次なる依存対象に目がくらんでいる。

一緒にいたら、楽しい。それだけではいけないのか。有子を根っこで脅かしている生きることへの不安感を追いやるには、剛では力不足なのか。

「今のゴタゴタが落ち着いたら、気が変わるってこと、ないかな。お母さん亡くなったんで、一時的心神喪失ってやつになってるのかもしれないし」

あきらめきれずに、剛は粘った。引いてばかりで失敗したから、今度は押せるだけ押してみようと思った。

「そうかもしれない」

有子は静かに答えた。だが、言葉とは裏腹に眼差しは冷たかった。

「そうなったら、電話する。それで、いい？」

つまり、そうなるまで連絡はしないということだ。また、失敗した。未練を見せては負けなのだ。『セーラー服を脱がさないで』は、もう鳴らない。剛は傷つき、うなだれた。

「わかった」

力なく立ち上がろうとして、こけた。

足のしびれが治ってない。有子は遠慮なく吹き出した。仕方なく、剛も笑った。一緒に笑うのが好きだったのだ。別れるときも笑っていたなと、記憶に刻んでもらいたい。それがせめてもの、剛の意地だ。

玄関先まで送ってきた有子に、剛はなおも笑って「じゃ」と手を振った。それから、夕焼けに顔を染めて、グイグイ歩いた。だが、頭の中では反省と未練が堂々巡りをしていた。

自分がこんなに弱虫だなんて、知らなかった。有子はそう言った。剛も知らなかった。そして、自分が無力だと思い知らされるのがこんなにつらいということも。

いつか、有子が戻ってくるかもしれない。あの小坊主はやっぱりとんでもないナンパ野郎だったと、プンプン怒って電話をかけてくるかもしれない。「ねえねえ、ますだおかだのライブ見に行かない」なんて言ってくるかもしれない。

その日まで、待ってみようか。それとも、振られちまったと腹をくくり、歯を食いしばって先を行こうか。

考えても、結論はすぐには出てこない。だが、古びた街灯のようにぼんやりと行く手を照らす考えが浮かんだ。

剛を残して有子は進む。離れていく二人だが、共通点がひとつある。

有子は母の死を、剛は一方的に断ち切られた想いの痛みを、乗り越えなければいけない。大人になるために。大人になって、自分と誰かを支えるために。楽しく付き合っていたときの二人は、何にも知らない子供だったのだ。

でも、いつか、本当に大人になれるんだろうか？

剛は立ち止まり、自分の影を蹴飛ばした。

ちっくしょう。負けねえぞ。

寂しがりやの素粒子

1

今日も八時過ぎまで働いた。下請けの町工場は、いつも納期に追われている。帰りがけに、行きつけの定食屋で若い旋盤工にビールをおごってやったが、メバルの煮付けに箸《はし》もつけなかった。顔がついているものは食べられないのだそうだ。

首を振りながら台所で水を飲んでいると、階段のきしむ音がして宅田《たくだ》が顔をのぞかせた。

「ああ、お父さん、お帰りなさい。今日もお仕事、お疲れさまでした」

分厚いレンズの向こうの目が線になる。まるでスマイルバッジのような笑顔だ。ただし、丸いバッジと違って、こいつの顔はやたらと長い。

「おう」

鉄太朗《てつたろう》は反射的に返事をする。しかし、背を向けたままだ。こいつの顔は、なるべくなら見たくない。

「お風呂、沸いてますよ。追いだきしたほうがいいかもしれませんけど」

「ああ」

「汚れ物あったら洗濯機に入れといてください。明日、洗濯しますから」

「おお」

「お父さん。雰囲気暗いですね。何か、お悩みですか？」

「……疲れてるだけだよ。もういいから、上行ってくれ」

ぶっきらぼうな応対になり、鉄太朗は少し気まずい。だが、宅田は「ハイ、わかりました。じゃあ、何か用事があったらお呼びください。ボク、ほとんど朝まで起きてますから」と機嫌よく答え、二階に戻った。

古い階段がミシミシいう。やせてはいるが身長百九十センチの男の体重を受けとめるには、この家は歳を取りすぎている。彼が二階で動き回る音が下にいてもはっきり聞こえる。息子の鉄平《てっぺい》と話している声も。

お風呂、沸いてますよ、か。神妙な言いようだが、どうせあいつが勝手に沸かして一番風呂を楽しんだのだ。ことによると、人が大汗かいて働いている昼下がりに。

宅田は「ボクは夜仕事するタイプなんで、普通の人と生活時間帯がズレてるんです」と、堂々としている。しかし、彼がいう「仕事」とは、本を読むことである。本というより、論文もしくは文献なのだそうだが、とにかくひたすら読む。読むだけである。当然、一円にもならない。

金にならない行為の、どこが「仕事」なんだ？

鉄太朗は納得できないが、学者の仕事は学ぶことと言われれば、反論のしようがない。

勤めていた医療機器メーカーをリストラされ、妻から離婚を言い渡されたとき、宅田は悟ったのだそうだ。

「ボクは根っから学者。それしかできない。他のことを要求されても応用が利くと一時でも思ったのが、おおいなる間違いでした。間違ったときは原点に戻る。それがよく学ぶための唯一の方法です。ボクはすみやかに原点に立ち戻ることにしました。収入の道を絶たれ、家庭人失格の烙印《らくいん》を押されたわけですが、精神的なダメージはそれほどありません。なにしろ、人生は一度きりですからね。やりたいことをやる以外の時間も体力も、無駄というものです」

スッキリした顔でニコニコと、宅田は言った。

宅田は鉄平が通っていた工業高校で、数学の講師をしていた。当時は現役の大学院生で、本当の教師ではない。だが、高校二年の夏休みが終わっても鉄平が登校せず、家庭訪問してきた担任教師との話し合いでも一言も話さない反抗的な態度で押し通したため、そのまま退学になりかけたとき、宅田が畠山《はたけやま》家にやってきて「生徒がやめると寂しくなるんだ。出てきておくれよ」と手をついて頼んだ。

担任の態度は最初から威嚇《いかく》的だったし、中に入るべき学年主任は「高校くらい卒業してないと、ためにならんぞ」という脅しめいた電話を一本かけてきたきり。学校側の態度にまったく誠意が感じられないとおおいに不満だっただけに、鉄太朗は担任でもないのに説得に来て、しかも頭まで下げてくれた宅田を先生の鑑《かがみ》だと思った。

そのうえ、鉄太朗がいくら怒っても泣きついてもムッとした顔で返事もしなかった鉄平が、宅田には「明日っから、行ってやるよ」と約束した。

「だって、やめたら寂しいなんて言われると、なんかグッときちゃって」と、鉄平は後でモゴモゴ言った。どうやら本人も、復学のきっかけを待っていたらしい。成績は変わらず悲惨だったが、もともと偏差値が低く、学期ごとに複数の退学者が出るような高校だ。きちんと出席しさえすれば、卒業できる。着馴れないスーツを着て息子の卒業式に列席し『蛍の光』を聞きながら、鉄太朗は改めて宅田への感謝の思いを嚙みしめていたのだ。

だから、鉄平が何の前触れもなく「センセー、しばらく家にいてもらうから」と連れてきたときも、断れなかった。

宅田は鉄平が卒業した年の五月に、就職と結婚を同時に決めて、首都圏に旅立っていった。

医療機器メーカーの研究開発員になったというのを聞いて、世のため、人のために生きる人なのだと鉄太朗は尊敬の度合いを深めていたのだ。それなのに。

あれから、二年半である。宅田はたった二年で、会社からも家庭からも放り出されたのだ。そのうえ、平気で教え子の家に転がり込んできた。

鉄平に連れられてきた日、宅田は紺色のジャージを着ていた。そして、使い込んだスポーツバッグをひとつ持っていた。まるで、生徒を引率する体育教師のようだが、よく見ると、眼鏡のつるが粘着テープで修繕してある。ジャージは着古しだし、靴下の踵《かかと》は擦り切れていた。

まさか、ホームレスに落ちぶれたんじゃあるまいな。

聞けば、自分本来の「学者」の暮らしに立ち戻るには、大学で四年、修士課程で三年、そして博士課程で八年、通算十五年勉学にいそしんだこの街が最適と戻ってきて、半年になるというではないか。その間、二年分のわずかな退職金と少々の着替えと物理学の文献を詰め込んだスポーツバッグひとつでこの街の知人の家に次々と寄食しながら、在籍していた研究室にOBとして入り込んで好きな勉強に心ゆくまでいそしんでいるという。

普通、博士課程にいる人間は、三年から四年で博士号をとり、大学教授への道をたどるか、宅田のような理系の場合は産学協同事業の一員として、金のとれる学者になる道を目指すものらしい。

だが、そのためには世界に配布される学会誌に最低二回は論文を発表し、かつ担当教官の手足となって雑事をこなし、人付き合いも怠《おこた》りなく、各方面の覚えめでたくなるよう振舞わなければならない。

宅田はそういう裏事情を解説した。

「でもボク、そういうのが苦手でね。ボクはただ、勉強していたいんです」

だから、院生の間は人の論文を読んでばかりで、自分では一ページも書かなかった。それが宅田の学問の方法なのだが、目に見える実績がなければ奨学金はもらえない。週五日拘束され、しかも生徒の質が低級なので院生の間では人気のないバイトである工業高校の非常勤講師をしていたのは、年間約五十五万円の学費を稼ぐためだったのだ。

「ボクが専攻している素粒子物理は、物質の成り立ちを極限まで追究する基礎科学なんですが、研究していればガンの特効薬が見つかるとかオゾン層の破壊を防げるなんてことはないんです。つまり、製品化に結びついて金になるような有益なものじゃない。大学教授になる以外につぶしがきかない、もっとも無駄な学問といわれてるんです。ボクは、悪魔に取《と》り憑《つ》かれたようなものなんですよ。もう、この学問に殉《じゅん》じる覚悟です」

そういって高笑いする。とてつもなく幸せそうに見える。得意げでさえある。三十六歳にして居候《いそうろう》のくせに。

実に腹立たしいが、面と向かって文句を言えない。ソリュウシブツリなどという途方もないものに、気負けしているのだ。自分にはまるでわからないものをわかっているというだけで、恐れ入ってしまう。一度でも「先生」と呼んだ人には頭があがらない自分は、つくづく古い人間なのだと鉄太朗は思う。五十五といえば男盛りのはずなのに、弱気が勝っているのは、生活に張りがないせいか。


二階で、宅田と鉄平が何事か話している。男二人の声は低く、言葉は聞き取れない。

鉄太朗は台所から隣の居間に目をやった。居間といっても、卓袱台《ちゃぶだい》を広げれば家族の食堂に、布団を敷けば夫婦の寝室になる八畳間だ。だが今、その部屋は暗い。電気をつけて待っていてくれる妻がいないからだ。代わりに、紫檀《したん》調の見栄えのいい仏壇がある。

お父さん、お疲れさま。お風呂、沸いてますよ。それは妻の言葉だ。

木造の二階家の勝手口と、隣接する作業場の裏口は、狭い通路を隔てて向かい合っている。仕事を終えて戻ってくると、火にかけた鍋の様子を見ていた妻がこっちを向いて「ご飯はお風呂の後ですね」と言ってくれた。

あの頃は、この家はいつも灯りがついていて、さまざまな音が聞こえていた。

作業場では遅くまで鉄を削《けず》る旋盤の機械音が響き、若い工員の賄《まかな》いを妻が作る煮炊きの音がして、「晴香《はるか》姉ちゃんがぶったあ」「鉄平が悪いんだからね！」と子供たちが、声が大きいほうが勝ちみたいにわめきあっていた。

バブルが崩壊してから、全部消えた。

注文が激減するのと妻の胆管癌発見がほぼ同時で、作業場はたたみ、妻は入院。高校を卒業して美容師の専門学校に通うようになった晴香は無口になり、鉄平は工業高校に進学を決めたものの、毎日遅くまで友達と外で過ごすほうが多くなった。

鉄太朗は若い頃と同じ、流れ職人として仕事を拾い歩いた。不景気とはいえ、コンピュータにできないミクロの旋盤技術を持つ熟練工は引く手あまただ。生活には困らなかった。だが、幸せというのがどんな気分のものだったか、鉄太朗は思い出すこともできなくなっていた。

工業高校を卒業した鉄平と共に、親子で小さいながらも自前の畠山製作所を立ち上げる。それが鉄太朗の夢だった。だから、鉄平が中退を思いとどまったとき、涙が出るほど嬉しかったのだ。なのに鉄平は今、アニメーターの養成学校に通っている。工業高校に行ったのは死にかけていた母ちゃんの願いに応えるためで、本当は旋盤なんかやりたくないのだという。

そんな了見なら出ていけ、出ていくの大喧嘩をしたが、本当に一週間家出をされて、鉄太朗のほうが参った。

　高校のときからつるんで遊んでいた仲間の中には、刑事事件を起こして鑑別所送りになった者もいる。暴力団にでも取り込まれたらどうしようと、気が気ではなかった。

　一週間後に仕事から帰ってみると、鉄平が台所で自分で作った握り飯を立ったまま食べていた。口を一杯にしてバツの悪そうな顔をしている息子に、鉄太朗は「ちゃんと座って食え」と言った。そして、無言で番茶を入れてやった。

　そのまま、なしくずしで鉄平はアニメの学校に自宅から通っている。そのうえ、居候まで連れてきた。

　宅田が平気で誰より先に風呂に入り、この家の電話回線を使ってインターネットにアクセスし始めてから、かれこれ一カ月になる。メールだけですよと言い訳しているが、請求書の額を見ると今までの二倍は使っている。もっとも、今までは基本料金しか払っていなかった。めったに電話のかからない、かける相手もいない家だったのだ。

　それはそれとして、宅田は電話料金を払わない。言えば払うかもしれないが、そんなことを口に出せる鉄太朗なら、そもそもこんな苦労はしていない。

「しばらく、いてもらう」というが、いつまでなのか。鉄平にただしても「いいだろ。まだ一カ月なんだから。細井《ほそい》は二カ月面倒見たんだから」と、なにやらノルマがあるようなことを言う。

鉄平が旋盤をやらないのなら、あのとき中退を翻意《ほんい》させてくれたことも恩とはいえなくなった。宅田の世話をする義理も責任も、小指の先ほどもありはしない。

二階で、二人の男が笑っている。何を言っているか不明でも、笑い声はよくわかる。オレはこんな連中を養うために毎日汗をかいて鉄を削っているのかと思うとうんざりするが、鉄太朗は宅田に「出ていけ」と言えずにいる。

晴香が独立し、鉄平も家出していた日々。静かな家の寒々しさに、心がやせ細った。このまま、一人で老いていくのか。そう思うと、家族を持ったことさえ虚しくなった。よくない考えばかりが浮かび、酒もまずかった。

二階から人声がするぶん、あのときよりましだ。そう思って、自分をごまかしている。

鉄太朗は居間の卓袱台にもたれるように座り込み、テレビをつけた。ニュース番組で、株価が滑ったとか転んだとかやっている。

ケッ、面白くもない。景気なんかどうなろうと、もうどうでもいいや。寝酒でも飲もうと立ち上がったとき、隣の犬の吠える声に続いて勝手口の戸が開き、晴香が飛び込んできた。

2

畠山家の敷地は十坪ほどの作業場が半分以上を占めており、安普請《やすぶしん》の母屋《おもや》は作業場に寄り添う影のようだ。

一階が台所と居間と風呂場とトイレ。二階は子供部屋と物干し。八畳の子供部屋は最初二段ベッドひとつを置いて、五つ違いの姉と弟が一緒に使っていたが、晴香が中学生になると間がカーテンで仕切られるようになった。

二人とも一度は個室を欲しがったが、ねだってもダメなことはわかっているので、しつこく文句を言うことはなかった。そのかわり、家にいる時間が減った。

晴香は美容師の専門学校を出て、就職が決まるとすぐに小さなアパートを借りた。どうやら、そのアパートにときどき男を連れ込んでいるらしいが、鉄太朗は見て見ぬふりである。どう言って説教すればいいのかわからない。こんなとき、妻が生きていればと思う。

妻が入院してから死ぬまでの二年間、晴香は専門学校に通いながら主婦役を務めた。遊びたい盛りに自由になる時間がほとんどなかったのだ。鉄太朗は不憫《ふびん》に思っていた。自由になった途端、タガがはずれたとしても強いことは言えない。

死んだ妻はひな人形みたいな小作りで可愛らしい顔立ちをしていたが、晴香の容貌は鉄太朗に似て眉が濃く顎がガッチリして、頑丈そのもの。あまりモテそうもないところが、さらに不憫だった。

悪い男にだまされているのではないか。貢《みつ》がされているのではないか。心配でならないが、そんなことはとても訊けない。

晴香も、二十五だ。妻が自分と結婚した年である。もう、大人だ。ときどき向こうからかけてくる電話での短い音信だけを頼りに、半分嫁にやったような気分でいたのだ。

夜の十時過ぎに、花柄のムームーの上にシアトル・マリナーズのスタジャンを羽織り、財布ひとつを握り締め、サンダルをつっかけて、という寝起きのホステスみたいな格好で帰ってこられると、ドッキリしてしまう。

言葉もない鉄太朗の目を避け、うつむいて「ただいま」とだけ言うと、晴香は何の説明もなく二階に上がりかけた。そして、物音を聞きつけて下りてきた宅田と鉢合わせした。

「あんた、誰」

「宅田です」

晴香は眉をひそめ、宅田の後ろにチラリと顔をのぞかせた鉄平に訊いた。

「誰よ、この人」

「センセーだよ。高校んときの」

「なんで、いるの」

「晴香姉ちゃんこそ、なんで来たんだよ」

「自分ちに戻ってきて、何が悪いのよ」

宅田を間に挟んで、姉と弟が言い合いをしている。下から見守りながら、鉄太朗はなぜか懐かしさで頰が緩んでいた。

「男と喧嘩でもしたんだろ」

「うるさいんだよ。あんた、どいてよ。どうして、そこまで無駄にでかいのよ。プロレスラーかなんか？」

晴香の勢いをヘラヘラ笑いでかわしつつ、宅田は壁にべったり張りついて道をあけた。晴香はたちふさがる鉄平を突き飛ばして、部屋に入った。

「なによ、この汚いの！　ヤだ、なんで新聞なんか敷いてあるの？　ちょっと、ゴミだらけじゃないの。なんとかしてよ！」

「はいはい、ただいま」

答えて駆け上がったのは、宅田だった。

なんだか知らないが、晴香のおかげで宅田を追い出せそうだ。

鉄太朗は晴香の問題を考えるのは先延ばしし、とりあえず居間に戻ってつけっぱなしのテレビに目をあてた。また、イスラエルで爆弾テロがあったらしい。一方、畠山家の二階では、言い争いが本格化していた。

「何言ってんのよ。別々に暮らしてるったって、ここはあたしの家で、この部屋はあたしの部屋じゃない。あたしが使えないなんて、そんなのヘンよ！」

「ダメよ！　こっちは嫁入り前なんだからね。カーテン一枚しか仕切りがないところに、こんなでかい男がいると思うと寝られないじゃないの！」

さすが、女の高い声はよく聞こえる。それに対して、鉄平が何か言ったらしい。激しい物音がした後に、鉄平がわめく言葉が今度ははっきりわかった。

「なんだよお。暴力オンナア」

「ちょっと、晴香さん。落ち着いて。ボク、すぐ、ここ出ますから」

宅田が言っているのまで、よく聞こえた。

お、ついにそうなったか。鉄太朗の口もとに、実に何年ぶりかでフツフツと笑みが湧き上がってきた。やっと、厄介払いができる。

ほどなく足音がして、スポーツバッグを背負い、ゴミ袋を片手に持った宅田が現れ、立ったまま「お父さん。そういうことですので、ボク、作業場に移らせていただきます」と言った。

「え？」

そんなことを許可した覚えはない。だが、宅田は許しを乞う必要など微塵《みじん》も感じてないらしく、さっさと靴をはいている。後ろから、マットレスをひきずった鉄平が続いた。

「すいませーん。こんなことになるとわかってたら、掃除しといたのに」

「いいんだよ。ボク、汚いとこ馴れてるから。研究室も汚いからねえ」

そんなやりとりが、作業場の引き戸を開けるまで聞こえた。

おい、どうする気だよ。

事態の変化についていけず、卓袱台の前で座ったきりの鉄太朗の前に今度は晴香が現れた。

「何よ、あれ」

吐き捨てると台所に行き、冷蔵庫から缶チューハイを出した。それからこっちを向き、

「飲む？」と訊く。

「ああ」と、思わず答えた。

晴香は二つの缶チューハイを顎の下に抱え、戸棚を開けてイカの燻製《くんせい》を取り出した。卓袱台にそれらを置くと、立て膝で半分あぐらという自堕落な姿勢でイカクンを歯で引きちぎった。

「どうした。こっちに帰ってくるのか」

「……うん。しばらくの間だけど」

「アパートは、どうした」

「出る」

「なんで。家賃でも溜めたか」

「そうじゃないけど、イヤになったから」

晴香は眉を寄せ、斜め下あたりを睨みながら絶え間なく口を動かしている。詳しいことを訊けなくて、鉄太朗も飲むほうで口を忙しく使った。

「ねえ。なんなの、あの人」

「鉄平が高校んとき、世話になったんだよ。覚えてないか。あいつが学校行かなくなったとき、来てくれただろ」

「ああ……あの人。あんな顔してたっけ」

晴香は思い出す目付きになったが、すぐにつまらなそうな顔に戻った。

「それが勤め先も結婚もしくじって、今住むところがないらしい。しばらく置いてくれって居座っちまって」

「追い出せばいいじゃない。関係ないんだもん」

「そうなんだが、鉄平がムキになっちまって。高校の友達の間で回してるらしいんだ。無下《むげ》に断ると、メンツがつぶれるらしい」

「どんなメンツよ。あいつにメンツなんか、あるの？」晴香は鼻を鳴らした。

「あんなガキでも、男はメンツが大事なもんだ」鉄太朗は、つい息子をかばってしまう。

「おまえ、この家から美容院通いたいんなら、オレは構わないからな」

「……うん」

晴香はうつむいて、缶チューハイをすすった。何を考えているのか、わからない。子供というのは、厄介なものだ。

だが、晴香がいるだけで家が息を吹き返したような気がする。

鉄太朗はテレビに目をやった。天気予報が始まっている。いつもなら布団を敷き、電気を消して寝ながら見ている時間帯だが、今は明るい部屋で晴香と二人で見ている。

「明日、雨だね」

晴香がポツリと言った。

3

作業場のガラスの引き戸を開け、電気のスイッチを入れると、入口近くの天井に一対だけ残されていた蛍光灯が長い瞬きの果てに点《つ》いた。だが、片方はすぐに切れた。他の照明ははずされ、天井から短いコードがぶらさがっている。宅田は中を見回した。

古新聞古雑誌、空気の抜けた自転車や古い型の黒電話、ビニール傘、扉の閉まらない金庫、事務机、スプリングの壊れた椅子などが無秩序に置きざらしにされていた。どこもかしこも埃だらけでコンクリートむき出しの壁も床も、カビに侵食されつつあった。天井近くにある明かりとりの窓ガラスが黒ずんで見えるのは、夜のせいばかりではなさそうだ。

「今はもう、物置だから」鉄平は言い訳した。

「あれ、何？　あのあたりだけ、きれいだね」

宅田が指差した先には、分厚いカバーをかけた大きな塊《かたまり》がデンと鎮座《ちんざ》していた。

「親父の旋盤。今でも手入れだけはしてるから、あのへんだけは不可侵領域」

「そうかあ。仕事を愛してるんだね。好きだなあ、そういう人。鉄平くんも旋盤やればいいのに。コンピュータは、どうしたって人間の手業《てわざ》には追いつけないからね。もうじき、マニファクチュアのルネッサンスが起きるよ」

「いやだよ。小さいとき、ここで見習いの人が指とばすの見ちゃったんだ」

「ほう、今流行《はや》りのトラウマってやつだね」

「親父はいまだにオレが旋盤しないでアニメに走ったの、気に入らないんだよね。アニメは食えない、やめたほうがいいって学校の先輩も言うし。卒業近いのに、将来暗いよ」

鉄平はぼんやりと、カバーのかかった工作機械を見つめた。拒否したものの、父親の気持ちは荷物のように鉄平の肩に食い込んでいる。誰にも祝福されない夢を追うのは、思ったよりずっと寂しい。

思いに沈んでいるうちに、宅田は勝手に動いていた。床一面に転がっている段ボールや扇風機などを踏み分けて機械の前に行き、新聞紙を敷き始める。

「あ」

そこは父親の聖域である。

「センセー。親父が機械動かすから、そこは」

「平気平気。お父さんが使うときは、すぐにカタすから」

それはそうだが……。なんとなく、悪いことをしているような気がする。だが、やめてくれと言えない。鉄平は宅田が自分の手からマットレスをもぎとり、新聞紙の上に広げて住空間を充実させていくのを、ハラハラしながら見守った。

新聞紙は生活の友。宅田はそう言って、鉄平の部屋でも自分の領域には新聞紙を敷いていた。それは、学生の頃に編み出した生活の知恵だという。

宅田は流しとトイレがついている六畳一間のアパートに住んでいた。しばらくは普通に暮らしていたが、あるとき一計を案じて畳の上一面に新聞紙を敷きつめた。こうすれば、食卓もいらない。カップ麺の汁をこぼしてもマグカップの底の丸い輪が跡をつけても、ノープロブレム。ゴミも放りっぱなし、フケも落とし放題で一週間ごとに新聞紙を全とっかえする。そうすれば、掃除とゴミ捨てが一挙にできる。その方法で、十年間暮らしたそうだ。

「インクの成分には防虫防湿効果があるからね。寝具としても万全よ。トイレの床も新聞でOK。水分をしっかり吸収し、しかも下に洩らさない。濡らした新聞で窓も磨ける。新聞は偉大だ。だけど便器は、塩素系のふりまいて流せばいいだけのやつで週に一回はきれいにした。トイレとパンツだけはきれいにってね。こんなボクにも、美意識はあるのよ」

しゃべりながら、マットレスの上に見開きの新聞三枚分のスペースを確保した宅田は、靴を脱いであがり、スポーツバッグからアウトドア用のランタンを取り出した。機械の出っ張りにひっかけてスイッチを入れると、かなり明るくなった。

「あ、なんか、いいな。世捨て人って感じ」

宅田は満足そうにニコニコした。

「鉄平くん、立ってないで、どうぞ、あがって。あ、履物脱いでね」

すっかりくつろいでいる様子に、鉄平は我慢しきれなくなった。このまま居着かれたら、どうしよう。自分だって、そう大きな顔をしていられる身分ではないのに。

「オレが言うのもなんだけど、センセー、この先どうするつもりなの？」

「ボクは素粒子物理の勉強を続けるよ」

「続けるったって、金にならないんだろ？」

「うん。ならない。今から教授目指すのは無理だし、趣味にとどめて他の分野の仕事をするのも無理だとわかったからね。ボクは、金を稼ぐのはあきらめたんだ」

「あきらめたって、生きていくには金が要るよ」

だから、みんな苦労するんじゃないか。オレなんか、将来の苦労までしょいこんでるんだぞ。花の二十歳で！

「センセー、わがままなんじゃないの？　こんな就職難のときに大きな会社クビになって、なんでそんなに呑気《のんき》にしてられんの？」

「会社のために働くのが性《しょう》に合わなかったんだから、しょうがないよ」

宅田はケロリと言った。

「だって、誰でも性に合わないのを我慢したりしてるんじゃないの？」

「性に合わないのを我慢するのは、身体によくない」

宅田は断言した。

会社では、海外の医療分野に関する最新の研究論文を収集しデータベースを作る仕事を割り当てられていた。最初のうちこそ神妙にネット上をうろついていたが、時間があくとつい素粒子物理関連の情報が見たくなる。見ると、議論がしたくなる。ドイツやアメリカの大学や元いた研究室の後輩とメールで意見交換をし始めたら、もう止まらない。

会社は、新しい機器開発につながるアイデアを出せとノルマを課してきた。それを果たすには、物理に向かう回路を完全に絶たなければならない。

そのとき、宅田の全身の細胞が泣いたのだそうだ。

「細胞どころじゃない。細胞を形成する分子。分子を構成する素粒子。そのもっとも基本的なレベルのボクが泣くんだよ。ボクは、それを感じた。このままではバラバラに壊れる。いっそ、分解したほうがましだ。物質としてのボクがそう言っていた。存在の危機だ。だから、ボクはためらわず物理と共に生きる道を選んだ。出勤はするが会社の仕事は二の次だ。すると、会社のほうから退職勧告が来た。渡りに船さ」

退職が決まると、待っていたように妻が離婚を言いだした。それも予測できたことだったから、すぐに応じた。自由になると、迷わず元いた研究室に戻った。

大学院というところは、人の出入りに厳しくない。知った顔であれば「やあやあ」と入っていって、議論の輪に加わるのは簡単だ。図書室で最新の文献をのぞくこともできる。

住むところも、研究室の後輩の部屋に泊まり込むところから始めた。以前は、酔っ払って雑魚寝《ざこね》をするのがしょっちゅうだった。そのノリで入り込んで、しばらく居座る。研究室関係を行き尽くすと、次は工業高校の先生たちのところを訪問した。

　しかし、生徒にまで世話になろうとは意図していなかったという。街で偶然、鉄平の仲間たちに出会い「センセー、会社からも奥さんからもリストラされちゃったんだ」と言うとえらく同情してくれて、いつのまにか〈センセーを助ける会〉ができて……。

「ほんと、ボクは感動したよ。キミたちは優しいんだね。勉強できなかったけど」

　宅田は幸せそうに微笑んだ。

「以前のボクは、素粒子の研究を続けるかたわら、社会的な成功も家庭の幸福も欲しいと願った。そうしたら、そうはいかないぞ、大切な夢はひとつに絞れと神に頭をごつんとやられた。それで、研究に生きようと方向転換をした。そうしたら、キミたちが手を差し伸べてくれた。キミたちを教えてたときは、そんなことしてくれるなんて想像もしてなかったのに。この一連の展開で、ボクは悟ったんだ。ひとつの願いを願えば、神は叶えてくれる。だから、キミもね、鉄平くん。好きなものひとつに賭《か》けるんだ。新聞紙と人の輪があれば、生活はなんとかなる。お父さんの理解がなくても、キミは幸せになれる」

「……そうかな」

「そうだよ。絶対だ。ボクの言うことは当たるよ。物理学者は神様と親しいんだ」

宅田は確信に満ちている。いつのまにか新聞シーツの上に腰をおろして、鉄平は少し微笑んでいた。宅田がその鼻先にアラジンのポットを突き出した。

「お湯、もらえる？　インスタントしかないけど、コーヒー飲もうよ」

4

実家に戻ってから二日待ったが、男からの連絡はなかった。

今日は美容院の定休日だ。晴香はTシャツにジーンズにスタジャンを羽織って作業場に向かった。ガラス戸をガタピシいわせて開けると、宅田が新聞を敷いたマットレスの上でカップヌードルをすすっていた。

見覚えのあるグレーのトレーナーの上下を着ている。あれは弟のものだ。丈が合わなくてやせた脛が丸見えなのが見苦しい。

「暇でしょ。ちょっと、付き合って」

肩をそびやかし、見下ろして言ってやった。

「あ、今、食事中で」宅田はカップヌードルで口を一杯にしたまま、言った。

「じゃあ、急いで食べて」

腕組みをして、晴香はものすごくコワイ顔で宅田を見守った。宅田は少し考えて、カップの中身を一気にあおった。むせてヌードルの切れっぱしを吹き飛ばしたりしながらも、空になった容器をゴミ袋に入れて、底の減ったスニーカーをつっかけた。

外に出ると、晴香は両手をスタジャンのポケットに突っ込んで、ズンズン歩いた。身長は晴香の頭ひとつどころか、胸から上ひとつ分でかいのに、宅田は小走りについてきながら

「どこへ行くんですか？」と、息を切らしている。

「アパートに荷物取りにいくのよ。センセーには、荷物運ぶの手伝ってもらうから」

「はあ、でもボク、あんまり力ないですよ」

「スーツケースのひとつくらい、持てるでしょ。それだけでっかい身体して、ふざけたこと言わないでよ」

晴香は苛立《いらだ》ちを宅田にぶつけた。宅田は「わかりました」と言いなりである。それが当然だ。居候がデカい面するな。晴香の腹の中では、火山が勢いよく噴火し続けていた。

バスに乗り、三十分近く走って大規模団地の名前のついた停留所で下りた。団地に行く途中に、小さなアパートが何棟か散在している。ここ三年、馴染んだ道だ。二階建てアパートの階段の踏み板を、晴香は蹴落とすような勢いで登った。そして、手に握りこんでいた鍵を使って、部屋のドアを開けた。

レースの暖簾《のれん》をすかして、ほとんど裸で抱き合っている男と女が見えた。予想はしていたが、あまりにも予想通りなのが怒りより悲しみを呼んだ。晴香は唇を嚙みしめ、ドアを全開にして「センセー、こっち来て」と怒鳴った。そして、サンダルを蹴り飛ばして脱ぎ、部屋の中に入った。

「なんだよ、いきなり」

威厳をつくろって、パンツ一枚の男が長い前髪をかきあげながら窓枠に座った。女は知らん顔でブラジャーをつけている。

「荷物、取りにきたのよ。おとなしく出てってやるんだから、感謝してもらいたいわね。今月の家賃、まだ払ってないからね。あんたが払ってよ」

晴香は、スリップを頭からかぶっている女の肩を突き飛ばした。

「どきなさいよ。センセー、いいから入って手伝って」

声をかけられて、ドアから中をのぞいていた宅田がいそいそと入ってきた。

「失礼します」と、男に会釈などしている。

このアパートは六畳と四畳半の二間ある。二人は広いほうの六畳に布団を二枚敷いて、こんな真っ昼間からヤッていたのだ。こんちくしょう。

晴香は布団を踏んづけて、四畳半のほうに入った。そこの押し入れに頭を突っ込んでスーツケースを持ち出し、さらに動き回って自分の洋服や小物を中に詰め込んだ。適当なところで蓋を締め、「センセー、これ持って」と命令した。宅田は「はいはい」と従う。

「センセー？」

窓枠に腰掛け、今や余裕の表情で煙草を吹かしている男が皮肉っぽく言った。

「そうよ。センセーったって、あんたみたいにお店でだけ通用するセンセーじゃないわよ。正真正銘の先生なんだからね。大学院出てるんだから」

紙袋にＣＤやファミコンソフトを放りこむ手を休めず、晴香は言ってやった。

「へえ、そう」男は煙そうに目を細めて、宅田を見上げた。

「ずいぶん頭がよさそうだけど、この女が相手じゃ苦労しますよ。性格、悪いからねえ」

「性格悪いのは、どっちよ」

晴香は男に向かって、ボクシンググローブを投げつけた。それから、ドスドスと玄関口に行き、紙袋に靴を詰めながら悪態をついた。

「あたしが悪いのは、男を見る目よ。一時でもこんなのをいいと思ったんだから、ホント、バカだった」

「ほお、その男を見る目はちっとはよくなったか。センセーは、いい男らしいね」

男は宅田から目を離さず、二本目の煙草に火をつけた。ワンピースを着た女がその隣に座って、これ見よがしに彼にしなだれかかった。そして彼女も、まるで誘惑するような上目遣いで宅田を見た。

口元をゆるめて女を見返している宅田の腕に晴香は自分の腕を強くからめて、憎むべき男と女を睨みつけた。

「ほんと、この人がいてくれてよかったわ。じゃ、センセー、帰りましょう。こんな所に長くいたら、脳味噌腐るわ」

そして、踵《きびす》を返してサンダルを突っ掛け、外に出た。両手に下げた紙袋がユサユサ鳴る。後ろを見ずに階段を駆け下り、来た道を逆にたどった。次第に足が重くなる。

「晴香さん、ちょっと待ってください」

後ろから息も絶え絶えの宅田の声が聞こえたのがきっかけだった。力が抜けて、晴香は道端に座り込んだ。火山はいつのまにか鎮火していた。冷えた感情の熔岩が泥のように粘ついて重苦しい。

宅田が横にきて、スーツケースを置いた。

「そこに自販機ありますよ。何か飲みませんか?」

「あたし、いい。センセー、飲めば?」

「すいません。金」

あ、そうか。そういえば、バス代も晴香が払ったのだ。晴香はそっぽを向いて、財布だけ差し出した。

「どうも」

晴香はスーツケースの上に座り直し、ガックリと上半身を折って膝を抱えた。

一年前に美容師たちの勉強会で出会った彼は、晴香のアパートに転がり込んできてしばらくは部屋代を半分出してくれて、ちゃんとした男に見えた。

腕がいいのが自慢で、つい最近独立して自前の美容室を持ったばかりだ。経営は芳《かんば》しくないが、彼は二人だけいる見習いに「先生」と呼ばせて悦に入っていた。

一緒にやってくれと頼まれると思っていたが、そうはいかなかった。彼の美容室にはスポンサーがいた。彼女がスタッフに女を雇うのを禁じたのだ。

スポンサーと付き合うのは、我慢できた。彼が本当に愛しているのは自分だと言い聞かせて。でも、違った。晴香の目を盗んで、他の女を部屋に連れ込むようになった。そんなことするんなら、自分で部屋を借りるかホテルに行きなさいよと言ったら、余計な金は使えないんだと笑いながら答えた。

いいじゃないか、浮気なんだから。おまえを捨てやしないよ。他に女を作るだけ。ちゃんと帰ってくるからさ。

晴香は捨てられてばかりいた。彼はそれを知っていて、そこにつけこんできた。ひどいヤツ。出ていけと言えばよかったんだ。その権利はあるのに。だが、気がついたら晴香のほうが逃げ出していた。

男を追い出して、彼との思い出の残る部屋で暮らし続けていれば、すぐに寂しくなって泣いて電話をかけることになる。今までに三回、そんな思いをした。男はニヤニヤと勝利者の顔で戻ってくるが、行ったり来たりしているうちに結局は別の女に奪られてしまう。

男にすがりつくだけの惨めな自分は、もうイヤだ。かといって、さっさと別れて次の部屋を借りる金もない。鉄太朗に言えば貸してくれるに違いないが、まだ言い出すふんぎりがつかない。しばらく、リハビリのつもりで家で暮らそうかとも思う。

だが、先行きのことを考えると泣きたくなってくる。金を借りて、部屋を借りて、それからどうするというのだ。とりあえずの生活。ただ、それだけ。夢も喜びも、何もない。

顔を覆っていると、すぐ横から「ああ、うまい!」と感嘆の声が聞こえた。

宅田がスーツケースの横の地面にあぐらをかいて座り、缶コーラをあおっていた。

「いやあ、今日はすごかったな。あんな場面に立ち会ったの、初めてですよ。勉強になりました」

「勉強って、なんの勉強よ」晴香は、ジロリと宅田を見返った。

「あたしが捨てられるの見て、なんの勉強になるのよ」

「捨てる、捨てないってことじゃないでしょう。あるひとつの形態が崩壊しただけじゃないですか」

宅田は物々しい言葉を明るく投げ出した。

「崩壊は、不安定から安定への過程に過ぎませんよ。ボクも会社と家庭という形態だと不安定だから、壊して、より安定する形に移行しつつある途中ですよ」

「見栄張るの、やめてよ。センセー、結婚に失敗したんでしょ?」

「じゃなくて、お互い、間違いに気付いたんですよ。彼女が別れたい理由をちゃんと言ってくれたんで、ボクも納得しました。だから、単に別れただけです」

それを聞いて、晴香の目から涙がブワッとあふれた。単に別れた。なんて、冷たい言葉。

「なんで納得できるの? 愛し合って結婚したんでしょう? なんでそんなに平気な顔してられるのよ」

泣き出した晴香に、宅田はあわてた。ポケットを引っ繰り返して拭くものを探していたようだが、何もないので着ていたトレーナーの片袖を引っ張って差し出した。

男臭い。晴香は顔をしかめて、スタジャンのポケットからティッシュを取り出し、洟《はな》を拭いた。それを見て、安心したように宅田は話し始めた。

元妻は、宅田の妹の級友だった。小学生のとき、学習雑誌で有名な舌出しアインシュタインの写真を見て以来、科学者に憧れていた彼女は、学者の道を邁進《まいしん》中の宅田に勝手に思い入れたらしい。宅田が研究室の教授にいい加減で就職してくれと泣きつかれ、遅ればせながら社会化を決意して就職したと知って「あなたの研究生活を支えたい」と押し掛けてきたのだそうだ。

宅田は二つ返事で応じた。研究生活を支えたい、なんて嬉しいではないか。自分の勉強を第一に考えてくれる人なら、愛さずにはいられない。

そして結婚し、彼は物理のことだけを考える毎日を送った。そうさせてくれると、妻が言ったのだ。彼は安心しきっていた。

妻は一生懸命食事を作り、洗濯をし、身の回りの世話をするのだが、彼はそれを当然と受け止め、ろくに会話をせず、ひたすら本を読んだ。食べながら、ベッドで妻にパンツを脱がされながら、ノートパソコンに集中した。

「そういうことは、イケナイんですね。ボク、彼女に言われて、初めて知りました。女性というのは、話しかけないといけないんですってね。彼女はボクの態度は精神的虐待だと叱りました。それに、彼女はボクがすごい研究に携わっていると思っていたんですって。何か、すごいことをするとね。だけど、会社をクビになった。だから、これはどうも違うと気がついた。人生をやり直したいから別れたいと、言われました」

「しっかりしてる人なのね」

涙をすすりながら、晴香はうめいた。自分とは大違いだ。

「それは確かにね。ボクも感心しました。ある意味、尊敬しましたね。慰謝料とかも言い出しませんでしたから、助かりました。もっとも、ボクの給料ちゃっかり貯めこんでたらしいですけど」

「……なんか、羨《うらや》ましい。センセーも、奥さんも、好きなことやしたいことわかってて。あたしなんか、ダメだよ」

農地を開発して造成した住宅地の路地は、コンクリートブロックの塀が並ぶばかりで人気《ひとけ》がない。誰も通らないのを幸い、晴香は声を殺して泣いた。

「そんなことないでしょう。晴香さんは働く女性で、一人であれこれ、立派なもんですよ」

「だって、お母さん病気だったし、お父さんは鉄平が自分の跡継ぐかどうかばっかり考えてるし、一人でなんとかするしか、なかったんだもん。だけど、あたし、しっかりなんかしてないんだよ。いつも、誰かにそばにいてほしくて……男はすぐにみつかるけど、いっつも浮気されちゃう。ナンパ野郎と付き合うからだって、わかってるのよ。だけど、寂しいのはイヤだから、つい」

晴香は抱えた膝に突っ伏した。情けなくて、涙が止まらない。なんだって、こんな男に泣き言をぶちまけているのか。

「ヤだ、もう。バカみたい」

「バカじゃないですよ。人間は、寂しい気持ちに支配されるものなんです。あのね、人間も含めてすべての物質は小さな素粒子でできてるんです。知ってます？」

「遺伝子のこと？」涙声で晴香は反応した。

「そう。その遺伝子さえも、さらに小さい粒子の結びつきでできている。ボクがハマッている素粒子物理は、物質の素をどこまでも追いかけていく学問なんです。最初は原子で終わりだと思った。でも、原子も電子と陽子と中性子の複合体だとわかった。そうやって分け入っていくと、どこまでもどこまでも小さな素粒子に分かれていくんです。素粒子は単独では存在できない。必ず、別の素粒子と結びつく。つまり、我々の身体は寂しがりやの素粒子の集合体なんです。寂しいから、他のとくっつく。そして、より大きな何かになっていくんです。晴香さんも、やがて安定した結びつきにたどり着きますよ」

「……簡単そうに言わないでよ」

「難しく考えるから、難しくなるんですよ。安定を求めるのは素粒子の性質です。くっついたり離れたりしながらね。気持ちのままに動けばいいんですよ。寂しいから、そこらにいるのとくっつく。それで、いいんです」

なんだかよくわからないが、なんとなく笑える。晴香は涙でグシャグシャの顔を横に向けて、宅田を見た。

「慰めてるの？　口説いてるの？」

「いやあ」宅田の目が一本線になった。

「宅田理論を展開してるだけです」

「ヘンなの」

晴香はまたティッシュを出して洟をかんだ。そして、真っ赤になった鼻を手で隠した。

「そんな、見ないでよ。こんなひどい顔、恥ずかしいじゃない」

ふてくされたブス顔をさんざん見せつけたことをすっかり忘れ、晴香は女の顔になり、丸めていた背筋を伸ばして肩口から宅田に流し目を送った。

5

朝、鉄太朗が一人でインスタント味噌汁と納豆の朝食をとっていると、珍しく宅田が台所にやってきた。

「すいません。お湯、いただきにきました」

「ム」鉄太朗は、声だけで返事をした。

アラジンのポットに湯を注ぎ終えると、宅田は鉄太朗の正面に座った。

「お父さん。実はボク、すごくいいアイデアを思いついたんですけど」

「なんだい」

「ボクが晴香さんと結婚して、ここで一緒に暮らすというのはどうでしょう」

鉄太朗は目をむいた。口から飯粒がこぼれそうになる。あわてて、番茶で喉の奥に押し込んだ。

「あんた、まさか、晴香と」

「いえ、まだ、何も起きてはいませんよ。でも、可能性はあります」

「可能性?」

なんだ、そりゃ。意味はわかるが使ったことのない言葉を差し出されて、鉄太朗は混乱した。

「実はね」宅田は、鉄太朗のほうに身を乗り出した。

「昨日、ボク、晴香さんがアパート引き払うの、手伝ったんです」

「ああ。そりゃ、どうも」

「どういたしまして。それで、道々いろいろ話しましてね。かなり、打ち解けました。そしたら、真夜中にいきなり、来たんです」

「来たって、なにが」

「霊感です」

宅田は夢見るように、宙に目を向けた。

「アルキメデスもニュートンもアインシュタインもディラックも湯川秀樹も、彼らの理論を思いついたときは、きっとこんな感じだったに違いありませんよ。すべての発明発見は、努力してたどりつくものじゃないんです。最初に霊感が来るんですよ。努力は、その後の裏付けに必要なだけでね。ボクは、先人の足跡をたどるしかできない無能なただの学生に過ぎないと思っていたんですけど、初めて味わいました。霊感。天啓。インスピレーション。素晴らしい感覚です」

「センセー。よくわからないんだがね。湯川秀樹とウチの晴香と、どんな関係があるんだい」

「お父さんは、旋盤の仕事を一緒にしてくれる家族が欲しいんでしょう?」

不意を突かれて、鉄太朗はますます戸惑った。こいつは、何を言いたいんだ?

「それは、そうだが。だが、それはもう……」

「そして、晴香さんは誰かいつもそばにいてくれる人が欲しいんだそうです。加えて、ボクは心置きなく素粒子物理の勉強に打ち込める環境が欲しい。昔から、理論物理の学生の理想は稼ぎのある妻と結婚することといわれてましてね。ここだと、お父さんも晴香さんも稼ぎがあるわけですから、もう理想中の理想です。もちろん、そうなるにはお父さんたちのほうにもメリットがなければいけない。ボクが与えられるもの、それは子供です。お父さんの跡を継ぐ子供。ね？　これで需要と供給がピタリと一致です。すごいでしょう？　この霊感は作業場が持つ力によってもたらされたと、ボクは信じますね。あの場所はボクが来るのを待ってたんですよ、きっと」

鉄太朗は、沈黙した。目をギロギロさせて、宅田を睨みつけた。なんとなく罠にはめられているような気がする。

「あんた、いい加減なこと言わないでくれよ。晴香は、あんたがそんなことを考えてるのを知ってるのかね」

「いえ、まだです。でも、昨日ボクたちはかなりいい感じになりました。前の経験で、ボクは奥さん操縦法を学びましたからね。今度はけっこう、いい夫をやれると思うんですよ。そして、あなたの孫が生まれる。ボクは熟練工こそ最も有望な職業だと思ってますからね。お父さんの跡継ぎとして畠山製作所を再興するよう、胎児のうちから洗脳する決意です。理論物理にハマるやくざ者は、一家に一人で十分ですからね。ボクの子供は、お父さんに捧げますよ」

　内容は確かに鉄太朗のツボを押さえている。しかし、立て板に水で言われると、気持ちがついていけない。

「そんなことを急に言われても。晴香の気持ちも聞いてみないことには」

「もちろん、そうですよ」宅田は大真面目に頷いた。

「これはまだインスピレーションの段階ですから、事実が追いついてくるには時間がかかります。物理学者は忍耐するのも仕事のうちです。信じて、待ちますよ。お父さんもじっくり考えてみてください。この可能性をね」

　宅田はスッキリした顔で立ち上がった。そこへ、階段を慎《つつ》ましくきしませて、晴香が下りてきた。出勤用のセーターとスカートで身仕度をすませている。そして宅田を見て「あらセンセー、いたの」と、いかにも思いがけないように目をパチパチさせた。

　鉄太朗は少し驚いた。昨日まではだるそうな重い足音を遠慮なく響かせ、パジャマのまま、大あくびをかましながら下りてきたのに。

「昨日は、どうも」気取った声で宅田に礼を言った後で、鉄太朗に「センセーに荷物運ぶの、手伝ってもらったの」と説明した。

「ああ。そうらしいな」

「じゃ、ボクはこれで」

ポットをちょっと掲げてみせて、出ていこうとする宅田を晴香が引き止めた。

「コーヒーなら、ここで飲んでけば？」

鉄太朗は梅干しを口に運ぼうとした手を止めて、会話する二人を見守った。

「いえ。ボク、作業場好きなんですよ。今時分はちょうど朝の光が入ってきてね。窓が高いところにあるから、神聖な感じがしますよ。ちょっと教会みたい」

「へえ、そうなんだ」

「じゃ、ということで。お父さん、さっきの話、よろしく」

宅田は鉄太朗に笑顔を向けて、作業場に戻った。

「話って、なに？」

「旋盤のことだ」思い余って、そう答えていた。

「旋盤？　センセー、旋盤なんかに興味あるの？」

「ああ。旋盤には未来があるってさ」

「へえ？」

晴香は作業場のほうに目を移した。

「教会みたいだって。そうだったかなあ。ちょっと行って、見てこよう」

言い訳がましく平板な口調をつくろうと、晴香はサンダルをはいて作業場に向かった。

なんなんだ、あの娘は。鉄太朗は、口の中で文句を言った。ほんの四日前に顔を合わせたばかりの男じゃないか。それも、ちょっと何かしてもらったくらいでコロッと態度を変えやがって。

あんな自分に都合のいいことしか考えない屁理屈たれの、能なしの、むさ苦しい男にひきずられるとは情けない。少しは相手を選べ。

だが。

旋盤工の跡を継ぐ孫。その〈可能性〉が、鉄太朗の脳裏に張りついた。

だまされないぞ。オレはそんな虫のいい話に引っ掛かるお人好しじゃない。自分に念を押しながらも、目は〈可能性〉をはらんだ二人がいる作業場のほうを向いた。

確かにそうだ。朝の作業場は、気持ちいいんだ。殺風景な鉄の塊しかないけれど、高い窓から入る陽光には一杯の埃が浮かび上がるばかりだけれど、一日の始まりを実感して何ものかに祈る気持ちになったものだ。

鉄を削る音。甲高《かんだか》い子供のわめき声。

懐かしい響きが耳の奥によみがえる。知らず知らず、鉄太朗は微笑んでいる。

彼女はホームシック

1

幾山河越えさりゆかば寂しさの
　はてなむ国ぞけふも旅ゆく

美しい歌である。旅の空で口ずさめば、胸にぐっとくるものがある。

「ねえ、これ書いた色紙ってさ、去年行った信州にも北陸にもあったじゃない？　九州でも見たよ」

ロビーの壁に貼りだされた色紙を見ていると、横に立ったクルミがぼそっと言った。

「若山牧水は旅する叙情歌人といわれててね、全国津々浦々に歌碑があるらしいよ。芭蕉か牧水かってとこかな」

「でも、この色紙、ヘンに新しくない？」

「ラップかけて保護してるからだろう？」

「そこが嘘くさいじゃない。牧水って昔の人でしょ？　せめて色紙が黄ばんでるとか、それくらい芸の細かいところ見せてほしいなあ」

私はフロントにいる禿げ頭の番頭を振り返った。

「これ、牧水さんですね」

「はい、そうでございます」

番頭は嬉しそうにカウンターを回って、色紙の前までやってきた。

「若山牧水先生がわたくしどもに投宿なさったおりに、一筆いただいたものでして。わたくしの前の番頭がよく話しておりましたよ。先生はこのあたりの風景と湯が大変に気に入られて、ご自分から記念に何か書いておきたいとおっしゃったそうで」

「ほお、なるほど。それはたいしたもんだ」

私が言うと、番頭はさらに進み出て『幾山河』の隣にある二枚のサイン入り色紙を指差した。ハートマークをちりばめた判じ物のようなサインの横に写真が添付してあり、これも上からラップをかけてあった。番頭や仲居たちに囲まれて映っている女はそれぞれ、東京のテレビ局のレポーターさんと写真集の撮影にきた女優のだれそれさんですと教えられたが、私は両方とも知らない。「知っているか」と目顔でクルミに訊くと、クルミはニヤニヤしながら小さく首を振った。

おそらくは露天風呂で裸を見せるために来た女のサインと、若山牧水が並んでいる。クルミはこの無節操を冷笑しているが、私は嫌いではない。これぞ、日本の混浴温泉文化だ。裸になれば、みな同じってね。

「若山牧水、今生きてたら売れっ子のトラベルライターってとこね」

フロントに戻った番頭を尻目にかけて、クルミは古びた長椅子に落ち着いた私に身を寄せ、そんな皮肉をささやいた。ボートネックのTシャツの襟ぐりから、かすかな汗の匂いが立ち上ってくる。ジーンズに包まれたほっそりした太腿が、私のチノパンツの脚に密着する。四十男に甘えているのか、からかっているのか。

どちらにしろ、若い女の子に進んでくっついてこられるのは、大変に心楽しい。おーい、番頭。見てるかい？　私は長椅子の背にゆったりもたれ、突き出た腹の上で手を組んだ。

「こうしてみると、場所がどこでも通用するところが憎いね。牧水はなかなか商売がうまい。これ一枚で、今夜のお酒は宿のおごりです、てなことになっただろうな。芸者に、あたし、先生のお背中流したいわなんて、こう、色っぽくしなだれかかられて」

「やだ、島津《しまづ》さん。誰かが適当に書いたに決まってるじゃない。武田信玄の隠し湯とか弘法大師が立ち寄ったとか伊藤博文が女連れでお忍びで来たとか、そういう類いのほら話」

クルミは番頭のほうを見て、鼻を鳴らした。二十四歳の生意気盛り。辛辣《しんらつ》であることがカッコいいと思っている。

「まあ、いいじゃないの。伝説なんて、言ったもん勝ちだよ。それならこっちも、そのつもりになって遊べばいいんだよ。それに考えてみたら、案外こういう温泉旅館が若山牧水の名前を時を超えて人に伝える役目を果たしてるのかもしれないよ。きみだって、この短歌、温泉巡りで覚えたようなもんだろ？」

クルミは唇を尖らせて、私を見た。

「島津さんって、事をナアナアにする達人ね」

私は目を和ませて笑った。若い娘の跳ねっかえりには馴れている。都季子《ときこ》も昔はこうだった。私が四十八年の人生で付き合ったことのあるおとなしげな女は、聡美《さとみ》ただ一人だ。けれど、口に毒のない聡美が結局は一番手強かった。

「あー、お待たせ。もうチェックインしてくれた？」

都季子が玄関に走り込んできた。Tシャツにジーンズというスタイルはクルミと同じだが、サイズの違いが年齢差を如実に表現している。都季子は来年四十歳だから立派な中年太りだと思うが、本人はストレスが贅肉《ぜいにく》に転化しているのだと言い張る。

「都季子ネエ、ほら」

クルミが牧水の色紙を示すと、ちらりと見て「はいはい。幾山河越えさりゆかば遥かなる三笠の山にいでし月かも、ね。それよりさ、ここ、温泉付きマンションの出物があるのよ。ちょっと見に行こう」

仲居が差し出すスリッパを無視して、今にも外に駆け出しそうだ。

「都季ネエったら、また？」

「見晴らしがいいんだって。別荘向きで出来はいいんだけど、入居者がなくてさ。もう投げ売り状態。管理会社の人が車持ってきてるのよ。行こうよお。ちょっと運動したほうが温泉気持ちいいし、ビールもうまいよ」

私はクルミと顔を見合わせ、都季子にあてつけるべく「やれやれ」という目付きを交わしあった。

ところが都季子は、こっちの様子にはお構いなしだ。もう車の助手席に乗り込んでおり、私たちに向かって「早く早く」と手を振った。

中年の不動産屋が運転する車は、温泉街を抜けて山を登っていく。一秒たりとも崩れない鋼鉄の笑顔とバスガイドのように流暢《りゅうちょう》な観光案内を繰り出す口を持つ彼が運転しながら「あれですよ」と指差すかたを眺めれば、七階建ての妙に平べったい建物がえぐった山肌にはめこまれていた。

「なんか、遠くない？　別荘地っていうより、ただの山奥じゃない」

クルミが身も蓋もない感想を言った。

「秋は見事ですよ。もう見渡すかぎりの紅葉で、御殿のようです。裏の山を少し歩けば、キノコや山菜がとれます」

不動産屋は、山奥のメリットをにこやかに主張する。

「いいじゃない？　自分チの近くで森林浴できるなんて」

都季子の声は夢見心地だ。私もクルミも反応しないので「ねえ」と不動産屋に相槌《あいづち》を求めたりしているうちに、マンションに着いた。不動産屋はキーをチャラチャラいわせながら、先に立ってエントランスからエレベーターへと案内していく。三十部屋あるというだけで空き室がどのくらいあるのか彼は言わない。集合ポストをざっと見たところ、入居しているのは十世帯に満たないようだった。

私たちが見たのは、最上階の角部屋だった。間取りに格別の工夫はないが、二面に開けた眺望《ちょうぼう》は見事なものだ。家具がないから余計に部屋が広く感じられて、気持ちがいい。批判的な目をしていたクルミも興味深そうにクローゼットを開けたり、キッチンの引き出しを調べたりしている。

歓声をあげっぱなしの都季子がもっとも興奮したのは、やはり風呂だった。ユニットバスなどではもちろん、ない。五人は入れそうなステンレスの浴槽にベージュのタイルが美しい広めの洗い場。そして、大きな張り出し窓。眼下に湯煙をあげる川と流れに沿って続く温泉街が見渡せる。

「この窓を開けますと、露天風呂の雰囲気が楽しめます」

不動産屋は、ほらねとばかり窓を開けてみせた。都季子はすかさず彼の横に行き、身を乗り出して風の匂いをかいだ。

「いいわねえ。友達呼んでさ、みんなでワイワイやりたいなあ」

「ええ。ここにお住まいのかたは、それが一番の楽しみだとおっしゃってます。夏は町をあげての盆踊りと花火大会もございますしね」

「夏は涼しいでしょうね」

「そりゃ、もう」

不動産屋と都季子は、幸せそうに顔を見合わせて言葉を交わしている。

「そりゃもう、こんな山の中だもん。涼しくなくてどうすんのよ」

クルミの憎まれ口をかき消すように、都季子の声が高くなる。

「わたし、坐骨神経痛と腰痛が持病でね。夏のエアコンと冬の寒さが敵なわけ。だから、別荘というより、いっそ温泉のある家に住みたいと切実に思ってるのよね。仕事どうするかが問題なんだけど」

「あ、それでしたら、電話回線、ケーブル回線などのビジネス環境は整っておりますよ。えーと、失礼ですが、ご主人さまのお仕事はどういった関係で？」

不動産屋は、部屋の中央でぼーっと立っている私を振り向いた。

「あ、この人、ただの友達。ここ買うとしたら、わたしよ」

都季子の言葉に不動産屋はあわてた。

「あ。これは失礼いたしました」

都季子は楽しそうに私を見て笑い、それから彼に向き直った。

「わたし、仕事は人材派遣会社のマネージャー。渉外が主な仕事だから、取引先のおじさんたちとのお付き合いも大事な業務なの。だから、ここを接待に使えたら維持費が経費になるかもね」

「ああ、それはいいアイデアだと思いますよ。ええ、確かにそういう使い方をなさってらっしゃる方もいらっしゃいます」

不動産屋は大きく頷いた。

クルミが私のそばにきて、囁いた。

「島津さんが旦那なら、わたしは何だと思われたかな。娘かな」

私を見上げる目が意地悪そうに光った。

「伯母《おば》さんの夫に横恋慕《よこれんぼ》している姪《めい》ってところだろうな」

クルミは鼻先で笑い、不動産屋からパンフレットを受け取っている都季子を眺めて、再び訊いた。

「だったら今はわたしたちのこと、どういう関係だと思ってるだろ」

「不良債権に手を出してくれそうなカモと、カモの取引先のいやらしいオジさんとその若き愛人」

「ふうん」今度は面白そうに頷いた。

「全部、はずれてるね」

2

一週間後、私は都季子の家で到来物のタタミイワシをあぶっていた。

家といっても、二LDKのマンションだ。静かな文教地区だが、繁華街に近いというロケーションのため地価が高い。そのせいか、家賃のわりに間取りが小さく、収納スペースも押入れが一つきりという有様なので、四畳半の和室がまるまる物置になっている。六畳ほどの寝室も、ベッドのまわりに脱ぎ捨てたか、あるいはクリーニングから引き取ってきたとおぼしきビニール袋入りの服が山をなし、リビングとダイニングにまたがる大きなテーブルの表面を新聞雑誌の類いが覆い尽くしている。

「もうちょっと、なんとかしなさいよ」と友人に言われるたびに、都季子は言い返す。

「いいのよ。どうせ、もうすぐ引っ越すんだから」

もうすぐ引っ越す。これは都季子の口癖だ。そして本当に、ほぼ二年おきに引っ越す。その習慣が始まって、かれこれ十五、六年。通勤圏内の主だったところはおおかた制覇した。

もともと、バブルの頃はOLなりたての安月給を顧《かえり》みず、ニューヨークのコンドミニアムを買おうとしたほどの不動産好きだ。着道楽の女がウィンドーショッピングにうつつをぬかすように、都季子はただ歩いているだけでも不動産屋の看板を見ると自動的に中に吸い込まれていき、マンションやモデルハウス見学で陶然とする。

ここ数年は、四季折々に友人を誘って泊まり掛けの旅行に出掛けるようになったが、どこに行っても不動産屋に入り込み、いかにも買いそうなことを言って物件見学を強行する。

彼女のカメラは、桜も紅葉も名所旧跡も記録しない。ただ、のどかな田園風景を一望するピクチュア・ウィンドーが目覚ましいリビング、江戸時代のものだという太い梁《はり》、ログハウスの屋根裏、海に面したデッキなどが満面の笑みの都季子を入れ込んでフィルムに焼き付けられ、フルカラーのパンフレットと共にクリアファイルに放りこまれ、さらに段ボールに詰め込まれる。

都季子は落ち込むと、それらの物件アルバムを取り出して「今なら、どこに引っ越したいか」を思い巡らせる。散らかり放題の自称〈豚小屋〉で。

さて、つい一週間前に見た温泉付きマンションは、まだ都季子の記憶に残っているのか？

「なあ、この間の温泉マンション」

どうなったと訊く前に、都季子は「ああ、あれ。やっぱり、無理よね。街から遠すぎるもの。一番近いコンビニまで二十分かけて坂道下りなきゃならないんじゃ、陸の孤島じゃない。病院もないしさ。買物はともかく、病気やケガでぶっ倒れたとき困るわよ。だから断ったのに、あの不動産屋ったらまだ電話かけてくるのよ。一千九百万にできるけどどうかって。一千万近い値引きよ。余計、ひくわよね」

都季子はテーブルに座って、タタミイワシの礼状を書きながらしゃべっている。そして、何か気に入らないらしく便箋《びんせん》をクシャクシャと丸めた。書き損じるのは、書くことに集中しないからだ。お燗《かん》の面倒を見ながらとか、テレビのニュースを横目で見ながらとか、私と会話しながらとか、一度にいくつもの用事を片付けようとする。いくら言っても、この癖はあらたまらない。

一人で行ったら話を決めてしまう。夕食おごるから一緒に来て、わたしを止めて。都季子がそう頼み込むから、私とクルミは彼女の不動産見学ツアーに付き合ってきた。そして、あの温泉付きマンションでも、こんな山の中では仕事にならない、買物も不便だと、ちゃんとクルミが止めた。だが都季子は、仕事はメールでできる、温泉があると知ったら打ち合せにみんな来たがる、買物は電話注文で配達してもらうと、ことごとく論破したのだ。それなのに今になってクルミが指摘した難点を、自分で発見したように言う。

「それで正解よ。温泉なんて、たまに旅行で行くからリフレッシュの役に立つんじゃない。自分チになったら、あの広いお風呂の掃除も都季ネエがやんなきゃいけないのよ」

薄い豚肉を皿の上に花びらのように並べながら、クルミがさらに現実的なことを言った。

冷蔵庫の中身が賞味期限切れ寸前になると、都季子は友達に招集をかけ退治にかかる。今夜も、あと三、四人は来るはずだ。暇な文房具屋の主人とバイトである私とクルミは、いつでもいち早く駆けつけて宴《うたげ》の準備にいそしむよう、都季子に躾《しつ》けられている。

「しかし、一千万の値下げとはよっぽどじゃないか。大変なんだなあ」

安定した収入に加えて親の遺産の土地家屋という優良な担保物件保持者が、ローンの相談までしたのだ。不動産屋がその気になるのも無理はない。

「島津さんたら、不動産屋に同情してる。お優しいこと」

「島ちゃん、傍観者だもの。おつらいでしょう、大変ですねえって同情はするけど、それだけ。安全地帯から絶対出てこないよね」

クルミの皮肉よりキツイことを、都季子は手紙を書きながら言う。クルミが驚いた目を私に向けた。私は和やかな笑みを返した。

そう。私は都季子の人生を傍観している。引っ越しばかりしている彼女の落ち着かない人生を。

3

私たちが知り合ったのは、もう十七年も前になる。都季子は大学出たてで、中堅どころの家電販売会社に勤める初々《ういうい》しいＯＬだった。

そして、会社の近くで私が細々と営業している文房具屋によく買物に来た。筆ペン、和紙を使ったレターセット、慶弔袋、グリーティングカード、そういった〈お付き合いのマナー〉関連のものが多かった。やがて、近所の居酒屋でも顔を合わせるようになった。

最初のうちこそ目で会釈を交わすだけだったが、一人っ子のせいか人懐こい都季子はまもなく私を見ると「こっち、こっち」と呼び寄せるようになった。

おいしそうに食べてガンガン飲んで、ハキハキとよくしゃべる。その飲みっぷりとどんな話題でも反応して意見を披瀝《ひれき》するハイテンションに、わたしは目を丸くしてついていくだけだった。都季子は、そんな私の顔が可愛いと笑い転げた。

そんな付き合いが二カ月も続いた頃、二軒目のバーでピンク・レディーの『UFO』を歌い踊っていた都季子が、いきなり腰をくの字に折ってうめき出した。持病の腰痛が出たという。そろそろ帰ろうと思っていた私が、送っていく役を申し出た。都季子は一人で帰れるから大丈夫と言ってはいたが、私が腕を貸すとしがみついてきた。タクシーを拾い、マンションに着いたら気が抜けたようで、下りた途端その場にへたり込んだ。

仕方なく、私は彼女をおぶって部屋まで、さらにその中のベッドまで運んだ。寝かせると、都季子はサイドテーブルの引き出しに鎮痛剤があるから飲ませてくれと指示した。キッチンで水を汲み、飲ませるために都季子を背中から抱えて助け起こした。

薬を飲み終えた都季子は、そのまま私にもたれかかった。横にさせるべく動きかけると、「じっとしてて」と止めた。

「動くと痛い？」

「そうじゃない。こうしてると、気持ちいいの。あったかいからかな。人間カイロだ」

そう言われては動くわけにはいかない。が——。

「あの、トイレ行きたいんだけど」

耳元でささやくと、都季子は小さくうなり「じゃあ、どうぞ」と答えた。私はできるだけそっと彼女を横たえて、教えられた場所に行った。用をすませた後、何かに引き寄せられるように寝室に戻った。都季子は横向きに寝ていたが、私をじっと見て「まだ帰らないで」と言った。

私は女にそんなことを言われたことがない。びくつきながらも、ベッドのそばに行った。

都季子の右手が、私の左手首をつかんだ。

「ちょっと、このまま上に来てみて」

「だけど、腰は」

「今ちょっと動いてみたら、大丈夫みたいなの。できることと、できないことはあると思うけど」

「でも」

やっている最中にぎっくり腰にでもなられたら、いろんな意味で最悪だ。迷う私の目をしっかり見て、都季子は真面目に言った。

「お医者さんに、適度な運動を心がけるように言われてるから」

思わず、笑った。都季子も笑った。それで完全に、帰れなくなった。

あんなに気をつけながら、女の身体を大事に扱ったことはない。都季子のほうがじれて「大丈夫だから、もっと強く」と、要請したほどだ。

本当に大丈夫だったので、二回もやってしまった。そして、そのまま眠った。目が覚めると、まだ夜中の二時だった。帰らなければと、私は思った。

当時、私は結婚していた。都季子もそのことを知っていた。だから、大人の関係ということで収まるはずだった。だが事が終わって、朝になる前に帰らねばと思ったとき、その後ろめたさに私は茫然とした。妻の聡美にはもちろん、都季子に対しても後ろめたかった。都季子も気まずそうだった。

それまでの私は家庭生活におおむね満足しており、不倫など「できたらいいなあ」と思うことは思っていたが、それはラスベガスに行って豪遊したいとかジャグァーを買いたいというのに似た単なる願望でしかなかった。それなのに一度できてしまうと、執着が生まれた。後ろめたいが、一度きりの関係で終わるのは嫌だ。私は気持ちの整理に困り、都季子もはっきりしなかった。

それから、会って飲むと二回に一回は共寝をするようになった。後で聞いたところによると、都季子はその頃付き合っていた男とうまくいかなくなっていたので、つい、私に「揺れた」のだそうだ。だがその当時は、彼女の気持ちがまったくわからなかった。不動産好きも知らなかった。二人とも、お互いの身体以外のことについて知るのを遠慮するような、妙な距離があった。

付き合って半年後、都季子が二人で寝ていたベッドから起き上がって「ここ、引っ越す」と言った。

だからもう終わりだと言われていると思った。若い娘が、離婚しそうもない男とズルズル付き合って満足できるはずがない。わかっているつもりだった。だが、実際に別れを暗示されると、まるで遊んでいた玩具をいきなり取り上げられたような喪失感に襲われた。

「あ、そう」やっと答えた私の声は、ヘンに明るかった。

「で、いつ？」

「来月。本当はすぐにでも移りたいんだけど、引っ越し先の内装工事が延びちゃって」

都季子の口調も、きまり悪げだ。私が「行かないでくれ。妻とは別れる」と言うのを待っているのだろうかと、一瞬考えた。引っ越し宣言は、私の気持ちを試す踏絵《ふみえ》か？

しかし、離婚は考えられない。しっかり者で商売家の嫁に向いていると人に紹介され、両親も気に入ったから結婚した聡美は、期待どおりに店も家のこともよくやってくれていた。夫として店主としての私の環境は、申し分なかった。

「そうか……何か手伝うこと、ある？」

「あるよお」都季子は急に元気になって、私に笑いかけた。

「引っ越しの荷造り。わたし、苦手なんだ、これが」

「段ボール、店に一杯あるよ。持ってこようか」

「わ、助かる!」

それから引っ越しまでのほぼ毎日、都季子の帰宅時間にあわせて彼女の部屋に通い、荷造りをした。子供時代からのアルバムを全部見たり、古いラブレターを閲覧《えつらん》したりの寄り道が多いため、やたらと手間取った。だが、しゃべりながらの共同作業は楽しかった。同様に手伝いにきた都季子の友達にも紹介された。二人きりのときもあったが、指先が触れても「あ、ごめん」と謝ってすぐに離れた。

トラックに荷物が全部積み込まれたときは、ひどく寂しかった。ああ、短い恋が終わったのだと思った。都季子は、涙のひとつも流してくれただろうか……。そう考えて、つかのま甘い感傷に浸《ひた》った。

ところが、それから程なくして店に現れた都季子は拍子抜けするほど晴れ晴れとしていた。知り合いが立ち上げた人材派遣会社に引き抜かれ、管理職待遇で参加するという。ついては、彼女の権限で文具関係は私の店をご用達にするという有り難い申し出だった。

「その代わりといってはなんだけど」と、チラシの束を取り出した。人件費削減、効率のいい経営をお望みなら私どもにお任せを、という意味のことが印刷されている。

「島ちゃんのお店で会社関係に品物納入するとき、これチラッと混ぜといてね。できたら、口頭で宣伝してくれると嬉しいんだけどな。電話一本で仕事してるような小さい事務所なんかを狙ってるの。よろしくね」

都季子はヒラヒラと手を振って、意気揚々と引き上げた。

私とのことなど、まったく引きずっていない。恋の別れのと切《せつ》ながっていたひとりよがりを、私は嗤った。

それから二年ほどは、業務連絡以上の会話はなかった。都季子はいつも忙しそうで、あわただしく用件を言った後で必ず「島ちゃん、今度飲みに行こうね」と付け加えたが、日にちを特定することはなかった。こうして次第に遠くなっていくのだろうと、自分に言い聞かせた。

だが、ある日かかってきた電話が、私の気持ちを引き戻した。引っ越しをするので手伝ってほしいと言う、その声が弱かった。

「島ちゃん、荷造りが異様にうまかったから」

私は飛んでいった。久しぶりに会う都季子は泣いた目をしていて、それでも私を見ると笑顔になった。胸にこみあげるものはあったが、私の両手は持参した段ボールでふさがっていた。

「何から始める？」

言いながら、あがった。リビングにぶちまけたように、服や雑誌や食器が散乱していた。私たちはすぐに、作業に取り掛かった。

こうして私は、都季子の友達になった。そして彼女の度を超した引っ越し癖に付き合うようになった。

まだ住んだことのない街。目新しい家屋。そこに足を踏み入れると「ここに住みたい！」という止みがたい欲望にとらわれる。そして即、引っ越す。だが、「ここに住みたい！」という熱望は、二年も経つと「よそに住みたい！」にすり替わる。

だって、もうどんな所か、わかっちゃったんだもん。飽きちゃった。

そう彼女は言う。だが、都季子が住んだ街をくまなく知り尽くしたかというと、違うのだ。彼女のテリトリーは恐ろしく狭い。会社とその周辺の飲み屋。それだけだ。

都季子が高校生のときに父親が愛人を作って離婚。病気がちの母親は都季子の独立と同時に親元に帰り、その五年後に死んだ。こんな風に親との縁が薄いせいだろう。都季子は一人でいることができない。仕事が終わってもすぐには帰らず、誰かを夕食に誘ってはそのまま飲み屋になだれこむ。そこで意気投合した誰かと次の場所に繰り出し、勢いに乗ってよそに泊まり込むこともしばしばだ。

そして、部屋は単なる荷物置場になる。使われるのはバスルームとベッドだけ。ガーデニングをするはずのベランダは、三日間洗濯物を出しっぱなしの物干し場、そして出し損ねたゴミ袋の一時保管所に成り果てる。

酔っ払って帰り、足の踏み場もない部屋に倒れこんだとき、彼女は叫ぶのだ。

「もう、引っ越す！」

そして、私が呼び出される。

いつしか呼び出しやすい男となった私は、引っ越し以外の都季子のあらゆる状況にも顔を出すようになった。

ホームパーティーの準備を手伝い、腰痛で動けなくなったと聞くとおぶって家に連れて帰り（その場所はコロコロ変わった）、旅行するというと荷物持ちとして同行した。もちろん友達として、である。

都季子は惚れっぽかった。私との間に起きたようなことが、しょっちゅうある。ということが友達になってみて、わかった。都季子が「聞いてよ」と打ち明けたがるからだ。

あのとき、都季子は彼女なりに私を愛していた。だが、それは彼女にとって特別なことではなかった。その認識は安堵感と寂しさを同時に含んでいたが、どちらかというと安堵感のほうが大きかった。なぜなら大概の場合、都季子の口から出るのはノロケより愚痴だったからだ。都季子の付き合う男たちは私同様煮え切らない妻子持ちか、でなければセックスが目的の薄情者だった。

男の仕打ちがひどいと、私の前で泣くこともあった。二人きりの場で泣かれると、自然と流れはソッチに行きかける。だが、雰囲気が妖《あや》しくなると決まって電話が鳴って長電話になったり、都季子が腰痛を起こしてそれどころではなくなったりした。それだけなら乗り越えられるが、一度思い切って彼女を抱き寄せたときが決定的だった。キス寸前のときに都季子がパッチリ目を開けて「ごめん。わたし、ダメだ。やっぱり。今はあいつじゃないと」と言ったのだ……。

私はもう、都季子にとっては男でなくなった。それなのに、なぜそこまで尽くすのか。それがわからず、聡美は怒った。

愛人ではないのだから、隠れて会う必要はない。そう思った私は、友達となって以降の都季子との付き合いについて逐一、聡美に話した。都季子からの電話を受けた聡美が、わたしに替わる前に延々とおしゃべりに興じていたこともある。だから、了解済みだと私は思い込んでいた。だが、聡美はずっと疑っていたのだ。そして、ついに、離婚届を突きつけてきた。

あなたと同じことをして他に恋人を作ったら妊娠したから、そっちの彼と結婚したいと言うのだ。私たちの間に子供はいない。すぐに離婚してやるしか、なかった。

「都季子さんと、なんで一緒にならないの？」

判を押した離婚届を手渡したとき、聡美は責めるように言った。

「一緒にって、俺たちはただの友達で、そういうことでは」

「そういうウソが通用すると思ってるの？　バカにしないでよ」

聡美はせせら笑った。そういう攻撃的な態度に出る女だとは思わなかった。

「あなたがずっと都季子さんのところに行きっぱなしだったら、わたし、多分あなたの帰りを待っていられた。だけど、今みたいに用があるときだけ呼び出されて嬉しそうに出ていって、いいように使い回されてるあなたを見てると、こっちが惨めになる。だから、別れるのよ」

その言い分は、よくわかった。だが、都季子はわからなかった。

「なんで？　普通の友達付き合いじゃない。わたし、パーティーや旅行には奥さんもどうぞご一緒にって言ったじゃない。だけど、来なかったのは本人だしさ。いやなら、行かないでって言えばよかったのに、言わなかったんでしょう？　ずっと黙認しといて、いきなり離婚はないじゃない」

奥さんを説得するといきり立つ都季子を、私は止めた。都季子は確かに聡美も誘えと私に言ったが、私がそれを伝えなかった。都季子とは友達付き合いでしかない。だが、そこに妻を介入させたくなかった。そんなことをしたら、人懐こい都季子は聡美とも打ち解けてしまうだろう。都季子には、男より女に媚《こ》びる癖があるからだ。

「だって、女友達は男みたいにわたしを裏切ったりしないもん」だそうだ。

手も握らない元彼になってしまった私だが、それでも都季子と妻が仲良くなる、そういう形で本物の〈ただの友達〉になりさがるのが嫌だった。

私のこんな態度は、確かに聡美をバカにしている。だから、聡美の言うとおりに離婚した。それでいい。怒った聡美は、すごく怖かった。あんまり怖かったので、未練も残らなかった。

あれから八年が過ぎた。周囲はいろいろ言うけれど、シングルおやじという身の上はのんきで結構おつなものだ。聡美を恋しく思うことは、ただの一度もなかった。そして、都季子との付き合いはずっと続いている。

クルミが私の店でバイトすることになったのも、都季子の肝煎《きもい》りだ。クルミは都季子の従兄の娘で、小さいときから可愛がっていたのだという。大学を卒業したのはいいが就職浪人になったので、とりあえずのバイトだから時給は格安でいいと送り込んできた。聡美と別れて私ひとりになった店を、都季子なりに助けようと思ったのだろう。人手は必要なかったが、承知した。

　クルミは呑込みがよくていい働き手だが、いかんせん店が暇だ。退屈を持て余して、よく私としゃべるようになった。本や映画や音楽の話だ。最初のうち別々に食べにいっていた昼食も、いつのまにか店で二人で食べるようになった。クルミは「都季ネエみたいに仕事に追われる生き方はしたくないから、ここのバイトで一生終わってもいいかもしれない」などと、不敵なことを言った。

「いずれ嫁にいく身の上は、気楽だね」

　人生に疲れたおじさんらしくため息まじりに言ってやると、色別にディスプレーしたボールペンの棚を直していたクルミは「ここでこんなことしてるより気楽なことって、ないよ」と、落着き払って答えた。

「文房具って時代遅れっぽいじゃない。今の世の中ピリピリし過ぎだから、結婚するよりイチ抜けたって感じで、ここで島津さんとトロトロ働いてるんだか遊んでるんだかわかんない暮らししてるほうがいいな」

「若いのに、言うことがシブイじゃないか」

「ほーら。島津さんの言葉遣いが時代遅れそのもの。もう、なごんじゃう」

クルミはこうやって、私にじゃれつくのが楽しいらしい。私はといえば、どんな形であれ、若い女の子に相手にしてもらえるのは嬉しい。だから、トロトロしてるの時代遅れの言われてもニコニコしている。

そうしたら、クルミはこうも言った。

「都季ネエも、ほんとはわたしみたいに思ってるんじゃないかな。あんな風にいっつも忙しくしてないで、島津さんとトロトロしてたいって」

「……そんなこと、ないよ。都季ちゃんは忙しくしてないと生きてる気がしないんだ」

確かに都季子は、そんなことを口にしたことがある。あれは何度目の引っ越し準備だったろう。私と都季子は並んで座り、本の荷造りをしていた。都季子が判型ごとに仕分けして、私がそれに紐《ひも》をかける。昔のヒットナンバーをBGMにして、知っている曲があると鼻歌で合わせながらののどかな共同作業だった。そのとき都季子がしみじみ言った。

「こういうの、ホッとするな。島ちゃんと暮らしたら、いつもこんな風かな」

「いつもこんな風だと、もって一週間てとこじゃないですか？」

私は軽く言い返した。いつも誰かに会い、何かをして、しかも次のスケジュールが決まっていないと不安になるのが都季子だ。ワーカホリックなのだ。そのため疲れ果て、口を開けばゆっくりのんびりしたいと言う。いつでも、今の自分が持っていないものがよく見える。欲張りの宿命だ。都季子にも、それはわかっている。だからあのときも、私の返事を聞いて「そうだね」と、笑ったのだ、島ちゃん、わたしのこと、よくわかってるねと。

自分がいないと事が進まない。たくさんの人が自分をあてにしている。まわりにいつも人がいて、自分の話を聞いている。そういう状態の中で、ようやく安心できるのだ。なのに、家に帰ればただ一人。一人だと、芯から思い知らされる。このままでは嫌。そして、探し回る。心から落ち着ける理想の住みかと、できることなら人生を分かち合い、決して自分を一人にしない男を。

だが、都季子は男選びに失敗し続け、引っ越しを繰り返した。そして私は、引っ越しを手伝う。引っ越し記念パーティーの準備を手伝う。買うかもしれなかった物件の写真を眺め、結ばれなかった男との経緯を聞く。彼女のすべてを呑み込み、許容する外付け記憶装置のように。

私は都季子の人生の部品になった。おそらく私は、そういう状態を楽しんでいるのだ。都季子と私は、離れない。ずっとそうだった。これからもずっとそうだと、無意識に信じていた。

4

都季子が「ついに結婚する、かも」と友人みんなにメールを送ってきたときは、ちょっとした騒ぎになった。あまりにも急だ。しかも「結婚」という言葉が、初登場した。どんなに恋に盛り上がっているときも、都季子は自分からは決してその言葉を口にしなかった。友人の間でメールや電話が飛びかった。私のところにはとくに「何か、知らないか」という問い合わせが殺到した。

私も何も知らなかった。そういえば、近頃とんとご無沙汰ではあった。やがて、個々に都季子から聞いたという情報が流れてきた。それによると――。

出会いは一週間前。例によって引っ越し先を探して入った不動産屋に、先客がいた。どう見ても日本人だが、言葉にしばしば英語が混じる。聞けば、ニュージーランドの在留邦人で、日本人相手の土産物屋と観光ガイド、それに不動産仲介業をしているそうだ。今回、古い日本家屋を探しにきたという。それでなくても不動産観覧が趣味の都季子が、このチャンスを逃すはずがない。なかば強引に、彼の家探しに参加した。

ところが、なかなか気に入るものがない。それは仕方なかった。彼は「全部畳の部屋で、障子があって、縁側があって玄関は引き戸で瓦屋根の、小津の映画に出てくるみたいな」家がいいというのだが、不動産屋が持っているのは和洋折衷《せっちゅう》の今出来物件ばかりだ。

「もう、そんな家はありませんよ」不動産屋は、少しは妥協してほしいというようなことを言った。

彼はがっかりした。漁師のような短髪で身体つきもゴツゴツしており、最近の日本人には珍しいいかつい顔つきをしているが、外国育ちのせいか感情表現がはっきりしている。

三歳のときに家族で移住したため、日本の記憶がない。古い映画のビデオを見て、日本の家や生活様式に憧れを抱いていたのだという。せっかく日本人に生まれたのだから、日本にも家を持ち、和風に暮らしてみたいのだそうだ。

「ひとつあるけど」思いついて、都季子は言った。

「だけど、すごく汚いわよ。わたしの親の家なんだけど、死んじゃってから誰も住んでないの。わたしが相続して税金も払ってるけど、生活するには今のマンションが便利だから、ついほったらかしにしててね。もったいないから住まないんなら人に貸せって言われてるんだけど、親の形見だし、わたしも思い出があるから、貸すんなら相手を選びたいと思ってるうちにズルズルと、なんだけど。あなただったら……」

「全部、畳ですか？」

「ええ。板の間は廊下と台所とお風呂の脱衣場くらいかな」

「縁側は？」

「もちろん。庭は狭いけど。縁の下で野良猫が子供産んだことがあった。物干しもあるわよ。寒いんでさすがにサッシを取りつけたけど、座敷のほうの戸は障子よ。だけど、あれ、大変よ。張り替えるの、大仕事なんだから」

「家の手入れするの、僕、好きだから。ニュージーランドでも、ペンキ塗りや羽目板の修理やってました」

二人の間で話が盛り上がるのを見た不動産屋がすかさず、売買をするなら専門家が入ったほうが手続きに間違いがありませんからと売り込んで、その足でときどき風を入れるだけの家に行った。

そして、出会って三日目の夜に彼がプロポーズし、四日目の朝に都季子がＯＫした。彼は滞在中、都季子のマンションにいたのだ。

彼は今ニュージーランドに帰っているが、いずれ二人揃ってお披露目をすると告げる都季子の浮かれぶりといったら、なかったそうだ。

「ウチの蜘蛛《くも》の巣だらけのぼろ家に連れてったら、彼、感激して泣いたのよ。それだけでもぐっと来てるところに、こんな出会いは運命としか思えない、結婚してほしいって言われてさ。冗談かと思ったら、こんな気持ちは初めてだってまた泣くんだもの。そこまで言われて断るのもねえ。人助けのつもりでOKしたわけよ」

などと結婚の経緯については冷静を気取っていたが、写真で見たというニュージーランドの家の話になると喜びがむき出しになった。

「もう、もう、すっごくきれいなのよ！　だだっ広いだけなら感動しないんだけどさ。ほら、ニュージーランドってガーデンシティって言われてるくらい、庭が道路に面してて地域全体のバランスがいいのよね。それで、家は工芸品みたいなの。こぢんまりしてるんだけど、ひとつひとつの部屋が広くて、日当たりが良くて」

不動産を語るときの、毎度お馴染みの熱狂ぶりだ。だが、今度は結婚という条件付きである。周囲の誰もが危ぶんだ。

「あんたの家を見たとたん運命持ち出すなんて、見え見えじゃない。四十間近ってところに降って湧いたような話だから舞い上がる気持ちはわかるけど、もうちょっと相手のことを見極めてからになさいよ」

そういう諫言《かんげん》は当然あった。すると都季子は、つんと顎をあげた。

「家が欲しくて結婚することの、どこが悪いの？　ほんとに欲しい家なら、わたしだってそうするわ」

都季子の付き合ってきた男は、私も含めて、誰も彼女に結婚という絆を求めなかった。私は当時結婚していたからだが、もし独身だったとしてもプロポーズはしなかったと思う。都季子にはバイタリティがあり過ぎた。気のいい女だが、感情の起伏が激しく、怒らせるとただではすまない。付き合いのよさは病的で、誰かが泣いて頼ってきたからと他の誰かとの約束を反古《ほご》にしたり、宗教の集会に誘われて断りきれないのでついてきてくれと厄介ごとに人を巻き込んだりした。飲み会に行くと朝まで帰らず、家の中を豚小屋状態にして顧みない。

まるで人間トルネードだ。私は彼女を好きだが、一緒に暮らすのはかなわないと尻込みしていた。あの強烈な感情の渦に、その底にある孤独の闇に引きずり込まれるのが怖かった。そうだ。私は腰抜けだ。都季子の不幸は、包容力のない私のような男しか知らなかったことだ。

ニュージーランドの男は三十になったばかりだという。たとえ家を得るための方便だとしても、プロポーズという花冠を差し出して都季子を喜ばせた彼が、私には眩《まぶ》しかった。

都季子はすぐに休暇をとり、ニュージーランドに飛んだ。蔓バラをからませたアーチのある庭で、日焼けした子供のような顔をした男と頰を寄せあっている写真入りのメールが届いた。お揃いのTシャツを着ていた。

それからほどなく、結婚式の写真が届いた。彼の母親のものだという和服を着た都季子が羽織袴《はおりはかま》の新郎と、教会の前に立っていた。新郎の身体に合わないのか、袴から足首が見えているのがご愛敬《あいきよう》だ。

それから帰国するやいなや、その足で役所に駆け込んで入籍し、会社も辞めた。まるで風向きが変わるのを怖れるように、何もかもを一気に片付けた。

ウソのようにドラマチックな展開だ。ウソだったら、それはそれで後で話の種になる。みんなで都季子を囲んで、慰めてあげればいいよ。

そんな気持ちを共有して、我々は都季子のマンションで開かれた小さな披露宴に集まった。

男はケント・フクシマと名乗った。家族の間では日本語を話しているが、基本的に英語の暮らしだ。だから日本語が完璧ではないので恥ずかしい……というのを理由に黙りがちで、間の悪そうな愛想笑いを浮かべていた。都季子はそんな彼が可愛くて仕方ないらしく、甲斐甲斐しく世話を焼いた。見せつけられる一方の我々は白け、少なからず落胆した。あれほど付き合いのよかった都季子が、友達を一顧《いっこ》だにしない。そして、どうやら本当に遠くに行ってしまう。

通り一遍のお祝いの言葉を残して、一人また一人帰っていき、披露宴は尻すぼみで終わった。クルミは後片付けを手伝いがてら泊まっていくという。彼女は、とにかく都季子がいる間はニュージーランドに宿泊場所ができるからという理由で、この結婚を歓迎していた。友人たちの中では一番熱心に彼と英語混じりのコミュニケーションをとっていた。

一人で引き上げようと玄関で靴を履いていると、都季子が見送りにきた。エレベーターホールまで並んで歩いた。さっきまでのはしゃぎぶりがそのまま反転したように、都季子は疲れ、沈んでいた。

「なかなかやるじゃないか。あんな若いのゲットして」

いつにない都季子の沈黙に耐え切れず、こちらから口を切ると、彼女は小さく笑って頷いた。

「うん。まだまだイケるんだって、かなり嬉しかった」

「四十過ぎても、子供産めるらしいぜ」

「うん。できたら、産みたい」

仕事の話はしなかった。自分の仕事を人に任せたことがない都季子にいきなりすべてを放り出されて、会社の人間は非常識だと怒った。結婚するのはいいが、それならそれでちゃんと挨拶やら引継ぎやら、きちんと後始末をしていけと、当然のことを言った。だが都季子は、メールと電話でなんとかすると言い切って強引に退社した。退職金をしっかり受け取って。

これからはニュージーランドで、彼の一家の商売を手伝うという。不動産仲介だなんてワクワクしちゃう。だけど、人に売るより自分が欲しくなったらどうしようと、人に言われる前に自分で言って、笑いをとっていた。

だが、相手の商売はかなり細々としたもので先行きが心配だということは、噂として流れていた。こんなに早く式まですませたのは、やはり都季子の資産が魅力だったのではないか。いざとなれば日本に帰って、都季子の家に住み、都季子の人脈で稼ぎの道をみつけようとしているのではないか。友人たちの、それが隠れた結論だった。どういうわけか誰も、このロマンスのハッピーエンドを信じきれなかった。

しかし、そんな話はしなかった。私たちはニュージーランドの家のことばかり話した。エレベーターホールに着いたとき、都季子が背後から「とりあえず、あっちの家に送る荷造りしなくちゃいけないんだけど、島ちゃん、手伝ってくれる?」と訊いた。

振り向くと、都季子は両手を背中で組んで、いじけた上目遣いで私を見ていた。私に何かを頼むときに、こんな顔をしたことは一度もなかった。都季子の依頼は、そのまま命令だった。なぜだ? なぜ、そんなへつらうような顔をする?

「やるよ」私は答えた。「都季ちゃんの荷造りは、俺のライフワークだ」

「明日なんだけど、いい? あんまり急だから、他の人には声かけづらくて。明日なら、クルミもいるし。本当はわたしと彼でやればいいんだけど、彼、明日の朝にはあっちに帰らなきゃならないのよ」

その声も言い訳じみている。都季子が、弱気になっている。

「なんだよ。やけに下手に出るじゃないか。マリッジブルーってやつか」

都季子は自分で自分の肩を抱いて、私をみつめた。

「そうなのかな。これが、そうなのかな」

エレベーターが来た。ドアが開き、都季子が先に乗り込んだ。私は黙って、後に続いた。

都季子はボタンを押し、数字のパネルを見上げた。

「わたしが結婚してあっちに行っちゃったら、全部変わるのかな。島ちゃんやクルミと旅行したり、パーティーしたり、そういうことも終わるのかな」

「お互い、行ったり来たりすればできるじゃないか。クルミちゃんなんか、今からもういつ行くか決めてるみたいだぞ」

「島ちゃんは?」

そのとき、エレベーターが一階に着いた。都季子はまたしても私より先に出て、まるで先導するように駐車場に向かった。

暗い駐車場に、都季子のサンダルの音が響いた。ここまで見送りにくるなんて前代未聞だ。

私はドアロックを解除するためキーを構えたが、ためらった。ロックがはずれたら、都季子が車に乗り込んでしまいそうな気がした。

都季子は私の手には負えない。彼女が抱える不安感から解き放ってやる自信が、私にはない。きちんと受け止めてやれないから、せめてできる範囲で用を足してきたのだ。だから今以上に、何かを期待しないでほしい。今以上に、愛さないでくれ。

「島ちゃん、止めるんなら今だよ」

ドアの前に突っ立って踏ん切り悪くグズグズする私に、都季子はそう言った。

「なんだよ。止めてほしいのか？」

私は顔をあげ、剽《ひょう》げた声で言った。笑って都季子の右手をとり、掌を広げてみせた。薬指に金の指輪がはまっていた。

「ここまでやっといて、それはないだろ」

「だって、人生まるっきり変わるんだよ。今まで持ってたもの全部捨ててさ。結婚なんかしちゃって新しい家族ができたら、責任があるじゃない。もう、好き勝手に引っ越しもできなくなる。わたし、ちゃんとやれるかな、ニュージーランドなんかで。英語、全然ダメなのに」

「英語がダメだって、今気がついたのか？」

「……この間、あっちに行ったとき。家の人は日本語わかるからいいけど、一歩外に出たらあんまりダメなんで、ショックだった。もう少しできると思ってたのよ。英文科だったんだもん」

都季子はうめくように言った。そして、驚くほどあっさりと涙を流した。次から次へと涙の粒が頬をすべって顎に届いた。

「料理だって掃除だって下手だし、好きじゃないし。やめたほうがいいんじゃない？　だまされてるのかもしれないしさ。ねえ、島ちゃん止めてよ。止め役じゃない。止めてよ」

都季子はこぶしを握り締め、うつむいてウーウー泣いた。

それは違う。私は止め役じゃない。私は傍観者だった。止めるためだけでも、都季子の人生に手を差し伸べたことはなかった。

一度くらい、ちゃんとやろう。こんな風に手を伸ばして。私は都季子の短い髪をクシャクシャとかきまぜた。

「何言ってるんだよ。ニュージーランドの家に住みたいんだろ？」

都季子はコクンと頷いた。

「そのこと、考えろよ。ニュージーランドだぞ。温泉ないけどさ。南半球ってとこがいいじゃないか。南十字星とか、今まで見られなかったものが見られるんだ。人生二毛作だ」

私は一体何を言ってるんだろう。何が言いたいんだ。本当にこれが言いたいことなのか。

「……行ってみてダメだったら、戻ってくればいいだけのことじゃないか。万一だまされてた場合だって、そうだよ。帰ってくれば、いいんだ。いつでも荷造り手伝ってやるからさ。とにかく行ってこい。もう結婚したんだから」

都季子は私を見上げ、鼻水を噴き出して笑った。

「なんか、島ちゃん、お父さんみたい」

「おお。やっと嫁に行く齢食った娘の親父の気分だ」私はズボンのポケットを探って、ハンカチを出した。都季子はそれを受け取って、遠慮なく洟をかんだ。

「都季ネエ、ケントさんが用事あるみたい」

クルミが呼びにきた。

「あ、はいはい」

都季子は飛び立つように踵を返した。そして、振り向きもせず走っていった。ハンカチは持ち逃げされ、愁嘆場は余韻もなく消えた。気を持たせるだけ持たせやがって。私は下を向いて、笑った。

「島津さん、都季ネエが帰ってくるの、待つんでしょ？」

クルミが、車に乗り込む私の背中に言った。

「都季ネエはどうしたってここより遠くに行けない意気地なしだって、わかってるんだ。それなのにいい人ぶって、島津さん、ずるい」

私は黙って、車を出した。バックミラーに、不満げに唇をきつく結んで見送るクルミが映っていた。

クルミの言うことは半分はずれて、半分当たっている。私は都季子を意気地なしだと思っていない。都季子は勇気がある。希望を持つことを怖れない。そして、寂しさのはてなむ国を求めて、懲りずにさまよい続ける。

私は、そんな都季子を見ていたいのだ。そしてホームシックにかかったら、私に連絡してほしい。それが私の望む生き方だ。それが、私の性に合う。

そうだ。私は待つだろう。こんな私が都季子にとって、いつかは帰ろうと思う家に、帰らなくても懐かしむ故郷の家になるように。

出来過ぎた男

1

娘の瑠璃《るり》が今年、二十歳になる。その祝いの席で、あのことを告白しようと思うが、どうだろう。

信光《のぶみつ》に相談されたミチルは「いいんじゃない？」と軽く答えた。

信光と別れたのは、瑠璃が七歳、貴光《たかみつ》が四歳のときだ。二人とも物心つく前ではあったが、信光はひんぱんに家に顔を出して子供たちの相手をしてやり、小学校に上がるや運動会や父親参観日、三者面談などの学校行事はくまなくこなした。誕生日とクリスマスにはパーティーを開き、大きな箱にリボンをつけたわかりやすい拵《こしら》えのプレゼントを用意して、子供たちを喜ばせた。もちろん、お正月にはお年玉を渡し、成績がよかったときはご褒美《ほうび》にお小遣いをはずみ、夏休みには海へ山へと遊びに連れていくなど、父親としての存在感は並み以上に示した。そのせいか、子供たちは、母親と別れ他の女と結婚した父親をあまり恨んでいない。

まあ、それもお父さんを憎むように仕向けなかったわたしのおかげよね。ミチルがそう言うと、信光は「おっしゃる通り。ミッちゃんには生涯足を向けて寝られません」と頭を下げたものだ。

このように、両親が円満に離婚したことを納得している子供たちだが、腹違いの兄弟がいることまでは知らない。わざわざ知らせることはないと、二人で決めたからだ。

父親がよそに作った子供がいることを告げるには、瑠璃と貴光は幼すぎた。いずれ、そのうち、納得できる年齢になったら話そう。そう意見が一致した。

離婚の原因は、不倫の子にある。だから、子供心に配慮するというより、自分たちがその話題を避けて通りたかったというのが本音だった。二人共犯で「いずれ、そのうち」を合い言葉に言いにくい話題を棚上げにしているうちに、十三年経ってしまった。

最近のミチルは、今さら教えることもないんじゃない、めんどくさいと開き直っていた。幼児から思春期に至る成長期を女手ひとつで育てた。そのせいか、瑠璃と貴光はわたしの子だという自負がある。

父親がどんな人間かなんて、関係ない。他に兄弟がいるからって、それがどうしたの。相続問題で揉めるほど資産があるわけじゃなし、知り合ったところで何のメリットもない。そりゃ、偶然どこかで出会って恋に落ちるなんて韓国ドラマみたいな可能性がまったくないとは言えないけど、万が一お互い知らずに出会ったとしても、それぞれの境遇を話し合ったら、わかるわよ。父親の名前が同じなんだから。

そんな風に割り切っていたのだが、信光はどうしても瑠璃に告白したいそうだ。他にも兄弟がいることを知ってほしい。それだけにとどまらず、できることなら仲良くなってほしいと言う。

「だって、みんな、可愛い我が子なんだよ。離ればなれなんて、寂しいじゃないか」

みんなというのは、瑠璃と貴光、プラス二度目の妻との間にできた男の子（十三歳）、三度目の妻と作った女の子（三歳）、さらに結婚してないが認知している男の子（九歳）の計五人だ。

経済上の理由から子供は二人弱が日本人の平均値である昨今、健康食品会社健皇堂の販社管理課長で年収は六百万円そこそこという身の上で、この子だくさんは無謀と言うべきだろう。別れて暮らす子供四人それぞれに払う養育費が毎月五万ずつと聞くとたいていの人は、モテて羨《うらや》ましいと妬《ねた》むのも、だらしなさ過ぎると目くじら立てるのも、自業自得と突き放すのも忘れ、「それでどうやって生活してるの」と目をむく。

「そりゃもう、昼飯は五百円以内ですませて、交通費を浮かすために自転車通勤。毎朝、早起きして新聞配達。土曜日は便利屋で手間賃仕事を拾って歩く。そんなこんなで疲れるもんですから、サービス残業しないんですよ、僕。だから、ちっとも出世しない。当然、昇給もなしですけど、養育費払ってるぶん扶養控除があるし、一応会社員だから福利厚生しっかりしてるんで助かってます。会社も事情を知ったうえで、温かい目で見守ってくれてますし。温かい目で見てないのは、共働きの妻なんですけどね。養育費払うだけで苦しいから、生活費はそっちの稼ぎから出してくれなんて言えませんからね。ええ、妻は自分の稼ぎで贅沢《ぜいたく》してます」

初対面の取引先に、聞かれもしないうちから不徳の至りの出費で青息吐息の現実をおめず臆せずカミングアウトしつつ、雇用主の太っ腹を称揚するものだから、今や健皇堂の名物男。「ダディ古澤《ふるさわ》」なるニックネームが社の内外に広まって会社としては痛し痒《かゆ》しだが、本人は不始末を笑い話に変換し、出世しないことなどどこ吹く風の機嫌よさ。あれはひょっとしたら大物ではないかと、仕事に疲れた同僚に誤解されている。

「この間、テレビ見てたら誰かの還暦のお祝いやっててね。思わず、自分の将来像を重ね合わせちゃったんだよ」

四十六歳で還暦を考えるか？

ミチルが早手回しを笑うと、信光は「男の更年期だよ、きっと」と真顔だ。

「もはや、老後が目に入るんだよ。だって、いずれは来ることだろう。それで、こう目をつぶって、思い描いてみたんだよ。赤い帽子にちゃんちゃんこ着た俺を子供たちが囲んでさ。そのうちの何人かは孫を抱いてるんだよ。それで、笑顔で記念写真を撮る」

信光は目を閉じて、保存しておいた脳内映像を再生している様子。ひとりでニヤけ、パッと目を開けると、今度は感動のウルルン状態になってミチルに訴えた。

「そしたら、ぐっと来ちゃってさ。できることなら還暦まで待たずに、全員集合して団欒《だんらん》の場を持ちたい。少なくとも、還暦のときには、みんながこだわりなく集まれるようでいてほしい。できたら、子供たち同士で連絡取り合って、サプライズパーティーを用意するくらい、お互い仲良くなってほしい。だって、そうあるべきだろ、血を分けた兄弟なんだから。そう思ったら、矢も盾もたまらなくなっちゃって」

順番として、一番上の瑠璃から告白を始めたいというのだ。

「なにしろ最初の子だし、二十歳になったんだから大人としての自覚を持とうとしてるだろうし、なによりしっかりしてるからさ。ミッちゃんに似て」と、ミチルにごまをするのを忘れない。

信光はミチルに頭が上がらない。

当然だ。そもそも、すんなり離婚できたのは、泥沼になるのを嫌ったミチルがあっさり別れてやったからだ。二百万円の慰謝料も分割払いの温情判決。それも、振込を待ってやったことが再々ある。だけでなく、再婚相手の情緒不安定に振り回される愚痴を聞いたり、その後のすったもんだや次々と生まれる子供たちについての報告を受けたり、まるで母親のように相手をしてやったのだ。もしも彼が金持ちならば、遺言の一行目にはこう書いてあって然るべきだ。

資産の半分を真の伴侶であった最初の妻に譲る——。

「じゃあ、わたしから瑠璃にそれとなく、お父さんが何を言おうとしているか伝えようか。そのほうが、ブーちゃん、打ち明けやすいでしょう」

ミチルは優しい声で恩を着せた。

結婚したとき、信光は二十六歳、ミチルは二十二歳。ブーちゃんミッちゃんと呼び合ってはデレデレしていた子供夫婦だった。離婚の前後はさすがにミチルも怒り心頭で、信光が「ミ」と発語するだけで、「二度と名前でわたしを呼ばないで」と叩きつけたものだが、いつのまにかブーちゃんミッちゃんが復活した。

時間の経過は偉大だ。感情的にならず、信光の言い分を吟味《ぎんみ》できる。

腹違いの兄弟のこともそうだ。今さら教えることもなかろうと思ってはいたが、古くからの友人で事態を知っている人間もいることだ。ある日突然、何かの拍子に親以外の口から真実を聞かされるほうがショックだろう。

子供に隠し事をしていたと思われるのは心外だ。それに、瑠璃がそのことで傷つくとしても、怒りの対象は信光だ。

父親は再婚、再々婚と同じ轍《てつ》を踏み、そのたびに子供を作った。母親のほうはシングルを通し、誰にも頼らず子供に尽くした。どう見たって、母親の株が上がる一方。シングルマザーは普通の母親より有り難みを子供にアピールしやすい（それは離婚して知ったメリットである）が、子供というのは恩知らずなものだから、節目節目で釘を刺しておきたい。これは、いい機会だ。

「なんなら、わたしが瑠璃に全部話そうか」

ミチルは乗り気になったが、信光は生真面目に首を振った。

「いや。ミッちゃんは何も言わないでよ。俺の口から言いたい。代弁してもらうなんて、逃げてるみたいじゃない。父親として、真正面から取り組みたいよ。何を言われてもしょうがない。あえて受け止める覚悟だよ」

あら。言うじゃない。ミチルは思わずニッコリして、潔い態度をほめてとらそうとしかけたが、踏みとどまった。

信光は、逃げない。妙に律儀なのだ。だから、子供ができるたびにけじめをつけるべく、離婚して、結婚する。その結果、腹違いの兄弟がいることをどう伝えたらいいのか悩む羽目になり、どこか嬉しげに呟くのだ。俺ってバカだなあ。

まったくである。口だけでなく、もっと自覚してもらいたい。

そもそも、結婚しているのに外に子供を作るのがいけないのだ。不倫したとしても、避妊はできるはずだ。コンドームは性病予防のためだけにあるのじゃない。

実際、十三年前、ミチルはそう言って信光をなじった。

子供じゃあるまいし、やる前にちらっとでもそのこと考えなかったの⁉

気がついたら、出しちゃってたんだよ。信光は肩を落として言い訳した。

わかってもらえないかもしれないけど、単純な性欲にひきずられて、そうなったんじゃないんだ。すごく強い女性だと思っていた人が実は虚勢を張っているだけだというのがわかってね。

その相手とは、健皇堂のPR誌で料理ページを担当していたフードコーディネーターだった。

レシピ作りから撮影用のセッティングまでこなす有能ぶりでかなり稼いでいた彼女が全国に散らばる販社を回って顧客サービスの料理教室や講演会をするとき、信光が企画担当兼鞄持ちで同行する。その過程でなれ合い、飲んで本音を聞くうちに、つい、できてしまったのだ。

話してるうちに泣いてる彼女がたまらなく愛おしくなって、抱いたら、あとはもう……。こんなこと言いたくないけど、そのときの愛情はそのときだけなんだ。ミッちゃんたちへの愛情がそっちに移ったわけじゃない。終わったあと、しまったと思った。でも、しまったと思った自分が情けなくてね。

彼女は信光より八歳上で、信光より収入があった。確かに強い立場である。それだけにいったん甘えたら堤防が決壊するように、依存心が信光めがけてなだれこんできた。その勢いを止める力は、信光にはなかった。

妊娠した彼女は結婚を望んだ。愛だけでも、子供だけでもダメだった。すべてを望む女だったのだ。

俺は正直言って、子供が出来たと言われたとき「しまった」と思った。そう思った自分がまた救われなくて。自分のしでかしたことの尻ぬぐいは自分でしないと、これから先、顔を上げて歩けないと思ったんだ。

わたしたちにも尻ぬぐいをさせてるのよ、あなたは。

ミチルの当然の追及に、信光はうなだれた。

それ言われると、一言もない。でも、あのとき、踏みとどまるべきは俺のほうだった。結婚してるんだし、不倫でもいいと了解の上で寝たわけじゃない。だから、俺に責任があるんだと思う。それに、彼女よりミッちゃんのほうが強いから。

だから、捨てても大丈夫だと思うの？

捨てるなんて言わないでくれよ。捨ててなんか、いない。ああ、なんで結婚なんて制度があるのかなあ。愛し合ってれば誰とでも子供作っていいことにすれば、少子化傾向なんかすぐに止まるのに。

頭を抱えてそう呻く信光を見て、ミチルはあきれ果てた。こんな男、人生を共にするに値しない。子供たちにだって、こんな身勝手な理屈を吹き込まれたらたまらない。別れるのが正解だ。これ以上、バカにされてたまるもんか。わたしをなめるな。

怒りの炎の力を借りて雄々しく立ち上がり、信光の尻を蹴り飛ばして、か弱きフードコーディネーターにくれてやったのだ。


大体、二十二歳で結婚したのが早計だったと、今のミチルは思う。

信光は大学の先輩で、最初のボーイフレンドではないが、最初に結婚を意識した相手だった。当時のミチルにとって結婚とは、ずっと一緒にいたいくらい好きな人とするものだった。そして、夫婦となった二人はさまざまな紆余曲折《うよきょくせつ》を手を取り合って乗り越えていくのだと思い込んでいた。

だが、こっちが小さい子供を抱えてバタバタしているというのに、浮気して妊娠させたと告白されたときには、頭に血が昇った。

手を取り合って乗り越えるなんて、冗談じゃない。おまえなんか、わたしに愛される資格はない！

離婚を口にすると、親も友達も止めなかった。演歌な昭和は終わったのだ。耐える女は流《は》行《や》らない。

結論から言うと、離婚してよかったと思っている。

親元に身を寄せ、実家の園芸店を手伝いながら、ガーデニングの勉強をした。そして、個人住宅の小さな庭の手入れをするガーデナーとして仕事をとるようになった。ガーディナーなんて聞こえはいいが、内容のほとんどは草むしりだった。それでも腐らずこまめに注文を取って、口コミで複数の顧客を持つようになり、小さな部屋を借りてカツカツながら子供二人を育てられる程度の収入を得られるまでになった。

離婚したから、ここまで頑張れたのだと思う。あのまま我慢して、フードコーディネーターとの神経戦を戦い抜いて主婦の座を守り抜いていたら、どうなっていただろう。考えてもしょうがないことだが、今のように「わたしもよくやった」と自分に向かって胸を張れるかどうか疑問だと、ミチルは思っている。

少なくとも、綱渡りのように三軒の、おっと、認知のみの別宅を入れると四軒の家を渡り歩いている信光よりは、ずっとシンプルで気苦労の少ない人生だ。

「ブーちゃんたら、よくやるわよ。自分のせいだけどさ」

余裕を持ってそう言う自分がカッコよくて、ミチルはニンマリした。

2

「お姉ちゃんも、とうとう二十歳か。ちっちゃい手足をバタバタさせてたのが昨日のことみたいなのに、時間が経つのは早いなあ」

信光は瑠璃をまぶしそうに眺め、ひとしきり感慨にふけった。

成人の祝いにしゃれたワインバーを選んだのは信光だ。全体にほの暗いフロアのやや奥まったところにある丸いテーブルを三人で囲んだ。白いテーブルクロスに、ロウソクの灯りがチラチラ揺れる影を落としている。

瑠璃は流行りの巻き髪をゆるく結《ゆ》い上げ、襟ぐりがあいたカットソーとジーンズ、透ける素材のボレロを羽織り、ピンと張った肌に限りなくナチュラルに見えるけれどしっかり作り込んだ完璧なメイクを施していた。

信光が家に顔を見せるときはいつもすっぴんにジャージだから、ここまで美しくなるとは想像もしてなかっただろう。ミチルは瑠璃の見栄《みば》えよさを自分の手柄のように感じて、思わずニヤニヤした。

告白は自分がするがミッちゃんにも立ち会ってほしいと、信光は最終的にはミチルを頼った。まあ、隠していたのは二人同罪だ。親としては同席するのが当然だ。

「タカは、どうしてる？」信光は瑠璃から目をそらして、ミチルに訊いた。

「お姉ちゃんのお祝いディナーなのに留守番じゃ、怒ってなかったか」

「ううん。家族揃ってお出かけっていうのがうっとうしい年頃だもの。一人になれるのが嬉しそうだったよ。今頃ゲームしまくりか、無制限チャットしてるか、そのへんよ。おおっぴらに煙草吸ったりしてるかもね」

「ああ、まあ、そうだな。男の子だもんな」

貴光は十七歳。ここ二年は受験勉強で忙しいというのを口実に、母子が互いに避け合っているというありさまだ。離婚していても、信光は父親として子育てに関わっていたから、貴光の扱いを任せられる。それに関しては本当に助かったと、つくづく思う。やっぱり男のことは男じゃないとわからないってこと、あるでしょうと頼ってみせると、信光は得意顔になる。それはそれで、シヤクではあるのだが。

ソムリエが赤ワインを持ってきた。気取った手つきでコルクを抜き、信光のグラスに注ぐ。

信光はしたり顔でグラスを回し、香りをかいで、口に含み、しばらく舌の上で転がしてから頷いた。

フードコーディネーターと結婚していたおかげで身についた作法だと思うと、キザで厭味《いやみ》に映る。ミチルは瑠璃と目を見合わせた。瑠璃は何を思うのか、唇で苦笑を押し殺している。

「じゃあ、お姉ちゃん。成人、おめでとう」

「おめでとう」

信光、ミチルの祝福に、瑠璃は「ありがとう」と口の中で答えた。

「学校、どう。もうすぐ卒業だよね」

久しぶりに会った親戚の質問みたいだ。さすがの信光も核心に進む決心がつかず、緊張のあまり、他人行儀になっているようだ。

「まあ、普通にやってる」

瑠璃は目を伏せて、ワインをちょびちょび飲み込んでいる。

母親が必死で働く姿を見て育ったせいか、瑠璃は就職しやすいからと介護福祉士養成学校に進んだ。信光は大学に行かせる費用はなんとかすると言ったが、瑠璃が断った。そのとき信光は、行きたいのに無理しているのではないかと瑠璃を問いつめ、お父さんのせいで我慢させているのかと涙ぐんだ。瑠璃はおぞましそうに眉をひそめ、勉強好きじゃないからよと、切って捨てるように答えた。

実際、学校の成績は芳しくなかった。瑠璃は女の子ばかりのロックバンドでベースを担当し、演奏活動に夢中になっていた。不登校や悪い遊びに染まるよりはましだと思ったミチルは、バンドの練習に明け暮れてちっとも勉強しないのを黙認した。二年制の介護福祉士養成学校に通う間も、メンバーを替えながらバンドは続けており、ときどき小さいライブハウスのステージで演奏する。信光は客席で立ちっぱなしだから翌日使い物にならないとぼやきながらも、ライブには欠かさず馳せ参じていた。

「本当はお祝いにベース買ってあげたかったんだけど、ほら、なんてったっけ。瑠璃が欲しいって言ってたの」

「フェンダーのプレシジョン・ベース」

「そう、それ。出ものはないか探したんだけど、けっこうするねえ、ああいうの。今のお父さんには無理なんだ。それで悪いけど、これ、特注で作ってもらったんだ」

リボンでくくった蛍光色のビニール袋を差し出した。瑠璃が引っ張り出した中身は、RULYと染め抜いたTシャツだった。背中には瑠璃が尊敬するクイーンのメンバーがプリントしてある。瑠璃はぎごちなく笑って「ありがとう」と言い、すぐにたたんで袋に戻した。

「あの、ベースが買えないのはお金がないからでね」信光はひきつった笑顔で言い訳を始めた。

「お金がないのは、給料が安いというより、その、お父さんは支払いが多いんだ。何の支払いかというと、言いにくいんだけど」

信光は一瞬、言葉に詰まった。ミチルのほうは、なるほど、そう来たかと、すっかり高みの見物だ。

「あのね。お姉ちゃんには貴光以外に兄弟がいてね。お父さん、その養育費払ってるから、けっこう苦しいんだ。こんなこと言うの、すごく恥ずかしいんだけど」

信光は本当に恥じ入って、亀のように首を縮めた。ミチルは目を見張った。

ミチルにやってしまったことを告白したときは、もっと潔かった。他人に話すときはさらに居直って、ほとんど自慢げにベラベラしゃべるのに。娘に知られるのは、恥ずかしいのか。離婚しておきながら、一点の曇りもない立派な父親だと尊敬されたいのか。図々しい。ミチルは鼻白んだ。

「そんなの、知ってるよ」瑠璃はオードブルをつつき回しながら、低い声で言った。

「え」

信光は驚き、ミチルを見た。しゃべったのか？　目がそう訊いている。心なしか、怒っているように感じられる。ミチルはあわてて首を振った。そして、信光に成り代わって訊いた。

「どうして知ってるの。誰かに聞いた？」

「だって、三度結婚してるんだもの。普通いるでしょ、子供」

「ああ」

両親はほぼ同時に納得の声を漏らした。考えてみれば、子供たちがそのことに触れてこないのをいいことに、教えてなかっただけだ。話してないから知らないとは限らない。

「あの、それで、そういうこと、お姉ちゃん的には、どう思ってる？」

信光は及び腰で訊いた。

「どうって」

瑠璃は唇を尖らせた。

「いい気持ちがしないのは、わかるよ。でも、お父さんとしては、わかってくれとは言わないけど、許してはほしいんだよ。恨まれてもしょうがないとは思うけど、でも、お姉ちゃんや貴光を思う気持ちは誰にも負けないってことはわかってほしいんだ」

つまり、わかって、許してほしいのね。全部受け入れてほしいんでしょ。恨まれてもしょうがないけど、なんて、恐縮してみせても本心はバレバレよ。

口には出さない突っ込みが、どんどん胸にあふれてくる。信光への怒りは消えてなかった。ミチルはそれを思い知った。乗り越えはしたが、許してはいないのだ。

瑠璃はため息をついた。それから、だるそうに答えた。

「お父さんのこと、別に恨んでないよ。タカもそうだと思う。聞いたこと、ないけど。だって、親が離婚してるなんて珍しくないもん。母親が連れ込んだ男に暴力振るわれるなんてことがないだけ、ましなんじゃない、うちは」

冷静なのは頼もしいが、あまりに醒めた口調にミチルは戸惑った。

もしかしたら、離婚のトラウマがこんな形で出ているのかもしれない。瑠璃も貴光も実は両親を恨んでおり、自分でもわからないうちに根性を歪ませているのではないか。

気まずい沈黙がテーブルを覆った。信光は弱り切って、つらそうに瑠璃を見つめるばかりだ。ミチルも、言うべき言葉がみつからない。誰かなんとかしてと思ったら、瑠璃が口を開いた。

「クリスマス」

テーブルの真ん中にぽとんと落ちたのが意味不明の外国語のようで、信光もミチルも息を呑んだ。

くりすますって、なに？

「クリスマスパーティー、うちはイブの夕方だったでしょう。四時開始で、六時にはお父さん、もういなかった。次のおうちに行くからよって、お母さんは言った。次のおうちの意味はわかってた。だって、お父さんは再婚してるんだからね」

離婚当初、ミチルはまだ幼い瑠璃と貴光に婉曲《えんきょく》表現や子供用に嚙み砕いた言葉を思いつくことができず「お父さんとお母さんはリコンして、お父さんは他の人とケッコンした」と教えた。だが、近頃の子供は幼稚園あたりでケッコンリコンという言葉を覚えるらしい。膝の上にこぶしをつかえ、思いつめた顔でミチルをみつめていた瑠璃は、黙ってコクンと頷いた。ミチルの膝に座った貴光は「ケッコンケッコン」と身体を揺らし、ギャハギャハ笑った。

それからのち、週に二、三度やってくる信光の帰り際に、ミチルは子供たちに「お父さんが次のおうちに帰るわよ。さよなら言いなさい」と声をかけ、思い切り当てこすりをしてやった。子供たちは素直に「さよなら」と手を振った。信光は悲しそうな目で笑ったものだ。

「お父さん、プレゼント、リュックに入れてきたでしょう。帰るとき、そのリュックがまだふくらんでた。あれ、プレゼントがまだ入ってたからよね。だから、次のおうちにも子供がいるんだって思った。いつ、そこに気がついたか、忘れたけど」

「クリスマスなあ」

信光は口元をゆるめて、遠い目をした。

「誕生日は別々だからいいけど、クリスマスは同時だから大変だったよ。なにしろ、四軒回らなきゃいけないから、イブとクリスマス当日の二日に分けてね。どの家でも、ケーキとディナーを用意してるだろ。第一部は四時から六時までいて、第二部が七時開始だから、移動の途中で吐くんだよ。そしたら、全部食べられるからね」

巡回は承知していたが、食べ吐きは知らなかった。わたしが作ってやった料理を吐いたダと？

ミチルは憮然としたが、その場で全部食べてみせるパフォーマンスを優先するためだと思うと、またしても信光の妙な律儀さがおかしくなってくる。

「今はお姉ちゃんとタカは大きくなって、クリスマスは友だちと過ごすようになったからプレゼント渡すだけになったけど、あとの三軒はまだやってるんだ。イブに二軒、当日一軒。不公平にならないようにローテーション組んでね」

それを許してやっていたのだから女たちもどうかしていると、ミチルは改めて思った。

子供のために譲り合ったのだ。クリスマスは子供のお祭りだ。信光はサンタの白いひげと鼻眼鏡をつけて、プレゼントを入れたリュックをしょって現れた。芝居心一杯で、子供たちは本当に喜んだ。

どこでもきっと、そうだったろう。他に回るのを見送るのは形容できないくらい腹立たしかったが、行くのも来るのもやめさせることはできなかった。子供たちから父親を取り上げたくなかったのだ。信光は、いい父親だった。

複雑な気持ちで思い返していると、瑠璃が「ちょっと待ってよ」と暗い声を出し、信光をたじろがせた。

「四軒って、どういうこと。三軒じゃないの」

しまった。婚外子のことは教えないとわからない。ミチルは、まるで自分の失敗のようにあわてた。

「あの、認知だけしてる子供がいるんだ」

「認知って、わかる？」

あたふたと説明する信光に続いて、ミチルが猫撫で声で訊いた。

「知ってるわよ、それくらい」瑠璃はむすっと答えた。

そりゃ、そうだよな。二十歳だ。頭ではわかっていても、メイクのうまい色気すらある若い女の中に、今も七歳の幼子を見てしまう。

だが、その大人びて見える瑠璃が、さっきまでの醒めた落ち着きをひっぺがして、明らかな怒り顔で信光にまくしたてた。

「お父さん、なに考えてるの。三回結婚するだけじゃ、足りないわけ。それとも、今の奥さんが離婚してくれないから、認知だけになってるってこと？」

「いや、その女性が子供が欲しいからって、その——」

「精子を提供しただけ？」

瑠璃のストレートな物言いに、ミチルは啞然とした。次いでたまらず、笑い出した。

「何がおかしいのよ。お母さん、全部知ってるの」

「ごめん。なんか、急におかしくなって」

ミチルは両手を振って笑い声の余韻を打ち消し、咳払いした。そして、傷ついた表情でこっちを見ている信光に言った。

「この際、経緯を全部話したら。わかってもらいたいんでしょう」

信光は唇をなめて、瑠璃を見つめた。瑠璃は突き刺すような視線を返す。

「——お姉ちゃんには、貴光以外に三人、弟と妹がいる。弟二人に妹一人だ」

覚悟を決めたらしい。信光の口調は静かで、目元は和らいでいた。

3

フードコーディネーターとの結婚は、彼女の起伏の激しい感情に巻き込まれる、かなり疲れるものだった。いつも自分のほうを向いていてほしがるわがままな女だったが、信光が子供たちと過ごす時間には干渉しなかった。それだけは譲れないと、信光が頑強に主張したからだ。

彼女は仕事を辞めなかったから、生まれた子供の面倒はベビーシッターと信光が見た。信光は瑠璃と貴光のときもできるだけ育児に関わった。その経験が生きた。信光は器用で、入浴や着替えをさせるのがうまい。夜泣きする赤ん坊を抱いてあやすことをいとわず、離乳食を手作りし、洗濯物の干し方たたみ方も堂に入っていた。まったく、父親の鑑のような男なのである。感情の赴《おもむ》くままあっちこっちに子供を作る癖さえなければ、表彰したいくらいだ。

二度あることは三度あると言う。二度目の結婚の破綻も、理由はやはり外にできた子供だった。

しかし、そのときの子供はうっかりできたのではない。向こうが望んだのだ。

彼女はヨガ講師として複数の教室を持つ傍ら、生徒たちに健皇堂の商品を販売していた。男運が悪いとは本人の弁だが、つまるところ見る目がないらしく、過去にさんざんな目に遭ってきた。それで、男を人生のパートナーにするのはやめるが、子供は作っておきたいと志した。幸い、子供一人くらいなら養える生活力がある。問題は、子種をどこから採取するかだった。

子供を理由に彼女の私生活に入り込んでくる人間は困る。かといって、セックスだけの関係と簡単に割り切れる薄情者はイヤだ。DNAを受け継ぐことを思えば、できるだけ性格のいい男が望ましい。誰かいないかとまわりを見回したら、その時点でこまめに二軒の家の父親を務めていた信光の噂が耳に入った。

ダディ古澤というニックネームはまだついてなかったが、手帳にびっしり三人の子供の誕生日や学校のイベント、保育園に送り迎えのスケジュールを書き込み、有給休暇は子供サービスのため毎年きっちり使い切ることで社外でも有名だった。

おあつらえ向きとは、このことだ。ヨガ講師は早速、信光に出動を要請した。

信光は戸惑った。本気とは思えない。悪い冗談ではないか。だが、女一人で生きていく心の支えに子供が欲しいと訴えるヨガ講師の、男に傷つけられてボロボロの思い出話を聞いているうちに、願いを叶えてやりたくなった。

信光が軟化したのを見てとったヨガ講師は、もう三十五歳だから今を逃したらチャンスがないと、さらに迫った。認知を望まないから迷惑はかからないはずだとまで言った。

セックスすればいいだけのことだ。お願いされているのだから、おいしい話とも言える。

だからといって、即時応答していいものか。信光は、なおも迷った。フードコーディネーターに一応お伺いを立てるべきかと考えてみたが、どうぞと言うはずがない。ミチルに相談しかけたが、まともに取り合ってもらえると思えなかった。それに、やっても百パーセント妊娠するとは限らない。ヨガ講師は事前に検診を受け、十分に妊娠可能な肉体であることを確かめているが、相性というものもあるだろうし。

とかなんとか、迷ったと言っても申し訳のようなものだった。そのとき信光、三十六歳。あっけらかんとセックスに誘われて、応じないほうがどうかしている。

そして、めでたく妊娠した。そうしたら、放っておけなくなった。妊婦体操に付き合い、出産にも立ち会った。生まれたのは、男の子だった。

過去三回の出産にも、信光は立ち会っている。何度経験しても、生まれたばかりの赤ん坊を抱き取ると圧倒的な感動に包まれる。

皺だらけの顔が空気に触れて開く花のように、どんどん人間らしくなっていく。それにしても小さい顔、小さい指だ。その小さい指が、信光の指をギュッとつかむ。

俺の子だ。

そう思うと、これでお役ご免だね、じゃあ、さよなら、なんて、とても言えない。

信光は一仕事終えたヨガ講師の額に滲む汗を拭いてやりながら、認知を申し出た。そのかわり、父親としていつでも好きなときに会わせてほしいと。ヨガ講師は涙ぐんで同意した。

そこだけ切り取れば、天使がラッパを吹きそうな美しい場面である。ところが、その後に修羅場が来た。

認知した子供がいることを、妻に隠してはおけない。これからはその子の育児にも関わりたいし、婚外子ではあるが隠し子という立場にしておきたくなかった。

打ち明けるとき、信光にやましさはなかった。こそこそしない自分に高揚さえしていた。高揚のあまり、二度目の妻の性格をすっかり忘れていた。

妻は逆上した。だが、怒りのぶつけどころがない。ヨガ講師は愛人ではないのだから、亭主を盗んだと訴えたり、無言電話で厭がらせをすることもできない。

できるのは、信光を家から叩き出すことだけだった。

離婚届を書かせたのは、フードコーディネーターの母親だった。母親はマスコミにも顔を出すようになってきた甲斐性のある娘が自慢で、ぱっとしないサラリーマンでしかない信光は夫にふさわしくないと最初から嫌っていた。娘の稼ぎに寄生するろくでなしだと思っていたのだ。

そのろくでなしが、恥知らずな行為に出た。それ見たことか。やっぱり、結婚すべき相手ではなかったのだと鬼の首を取ったように大喜びで、離婚を推進した。フードコーディネーターは信光に未練があったようだが、ワン・アンド・オンリーであるべき自分を裏切ったことへの怒りが上回った。

本来なら出入り禁止にしたいところだったろうが、息子が信光になついていた。幼いうちは祖母が会わせないよう目を光らせていたが、息子が次第に成長し、自分の意志で出かけられるようになると、父子の付き合いは濃密になった。息子としては、祖母の目を盗んで父と会うことが、どこかゲーム感覚で盛り上がるらしかった。感情的な母親の溺愛《できあい》から逃げるのにちょうどいい場所にもなっていたようだ。

この離婚は、信光につかの間の安息をもたらした。フードコーディネーターとの結婚生活は、それほど負担だったのだ。

信光は、三軒に分かれた子供たち中心の生活に専心した。女たちは事情を知っていても、子供たちには「他に回る途中」と思わせたくなかった。子供は複数いても、父親は自分ひとりだ。

養育費の支払いは、きつかった。フードコーディネーターの収入を盾に取れば、そこの子供への養育費を免除してもらうことは可能だ。だが、懲らしめのつもりらしく、養育費は要求された。免除を申し出たら、お父さんはおまえの養育費を払いたくないと言ってきた、くらいのことを息子に吹き込むだろう。それでは、父親として彼に合わせる顔がない。そう思って、信光は歯を食いしばって頑張った。

ヨガ講師の場合も、そうだ。養育費は不要だと彼女は最初から言っていた。だが信光は、払わないと父親の資格、もしくは立場がないと思ったのだ。ただし、こちらは十八歳までと取り決めた。他は二十歳になるまでだ。


「つまり、わたしが二十歳になったから、これからは一人分、楽になるわけね」黙って聞いていた瑠璃が、鼻を鳴らした。

「そのお祝いでもあるわけね、このワインは」

「意地悪言わないでくれよ、お姉ちゃん」信光は悲しそうに眉を下げた。

「そりゃ、確かにそうだけど」

「お父さんたらね。再婚したら養育費払わなくてもよくなるから、お母さんに、誰かいい人いないのかって泣きついてきたことあるのよ」

ミチルが思い出話で追い討ちをかけてやると、信光は「あれは冗談だってば」と打ち消しに必死だ。

「すごくきついときがあって、つい言っちゃったけど、全然、本気じゃなかった。ほんとだよ、お姉ちゃん。誰か他の人をきみたちがお父さんと呼ぶようになるなんて、耐えられないよ」

瑠璃も、ミチルも、口をつぐんだ。信光の言葉に嘘がないのはわかっている。彼は本当に子《こ》煩悩《ぼんのう》だ。だから、許してしまうのだ。

「だけど、三回目の結婚はどうなのよ」

とろけかけた場を瑠璃が冷やした。

「いい加減、懲りてもよかったんじゃないの。それとも、お父さんは結婚してないとダメなの。一人で暮らせないの」

「いや、お父さんは家事はなんでもできるから、奥さん依存症の亭主とは違うと思うけど、なんて言うか」

「流れに逆らえない？」

ミチルが代わりに答えてやった。

4

フードコーディネーターとの修羅場あたりから、ミチルは信光に成り行きをつぶさに聞かされるようになった。妊娠に協力してやった一件にはあきれ返ったが、働く女の「夫は要らないが子供は欲しい」という心情は共感できる。愛憎がからまないぶん、客観的に聞けた。むしろ、憎きフードコーディネーターが逆上したことで溜飲《りゅういん》を下げた。因果は巡るという言葉を思い浮かべたりもした。

だが、なんとなく、このままではすまないだろうなと予感していた。

この世には、恋愛沙汰が絶えない者と、滅多にない者の二種類しかいない。飽きない程度に、そこそこ、ありました、まあ、あんなもんでしょうと落ち着き払って言える人間がいるとしたら、そいつは嘘つきだ。

ミチルは滅多にないほうだ。信光と離婚した後、もう一度人生を分かち合おうと思えるほどの男にいまだに出会ってない。出会いたいと熱望してはいるが、望んだところで供給されるものではないとわかっている。神様はミチルを人間界に送り込むとき、男運をくっつけてくれなかったのだ。

信光は逆に、ゴタゴタするように生まれついている。フェロモンが大放出しているとも思えないのに、そこかしこに女が現れ、ちょいと足を突き出して彼をつまずかせる。そして、これがまた、よく転ぶのだ。

三度目の結婚は三年前である。相手は当時、三十歳。つくづく三十女に見込まれる男らしい。

彼女は薬学の修士号保持者で、健皇堂の医学的根拠を担うために薬科大学研究室から舞い降りた学者だ。研究一筋で男ズレしてないせいか、もともと変わっているのか、入社するなり聞かされたダディ古澤の逸話に心惹かれた。そして、積極的にアプローチして、落としたわけだ。

一回り以上年下の女からの求愛を迷惑がる男がいたら、お目にかかりたい。信光も逡巡《しゅんじゅん》したが、いろいろあるのを知ったうえで、毎日会社で好きよ好きよ光線を発射しながらまつわりついてくるのを邪険にあしらえない。おまけに、彼女の惚れ込みようがあまりに明白なものだから、周囲にも「なんとかしてやれ」という空気が生まれた。

信光はミチルに相談した。せっかくだから結婚すればと、ミチルは答えた。関係ないと突き放すことはできなかった。信光は、関係ない人間ではないのだから。

それに、信光の人生には女がついて回るのだ。そういう運命だ。出会ったのなら、さっさと結ばれろ。それ以外、やりようがないでしょうが。そんな気持ちだった。信光の人生なのに、ミチルのほうが悟りを開いたというべきか。

そして結婚したら、あっという間に子供ができた。今度は女の子。

「それがお姉ちゃんがまだ会ったことのない妹。まだ三つだけど」

「三つ」

瑠璃はぼんやりとオウム返しをした。

「可愛いんだよ、この子が。もちろん、お姉ちゃんたちも可愛いよ。でも、個性がいろいろでさ。子供って、ほんと、何人いても面白いなあ」

信光は無邪気に感心している。無邪気と無神経は同じこと。ミチルは不快を顔に出しただけだが、瑠璃は反撃した。

「どうして、お母さん一人じゃすまなかったの」

そうよ。そう思うでしょう？

「男って、みんな、そうなの。それとも、お父さんが特殊なの」

「それは——お父さんが特別、バカなんだ」

「お母さん、こんな答で納得してるの」

おっと、矛先がこっちに向かってきた。こんな微妙な問題、お答えできません。ミチルはとっさに打ち返した。

「瑠璃、あんた、もしかしたら、誰か付き合ってる人、いるんじゃない。それで、何か悩みがあって、そんなこと言うんでしょう」

瑠璃は唇をへの字にした。カマをかけたら、大当たり。今度は信光が色めき立つ番だ。

「ほんとか、瑠璃。どんなやつなんだ」

「どんなって、普通の人よ」

「なんで悩んでるんだ。お父さんに言ってみなさい。男心ならわかるから」

そんなこと言ったって、信光的心理を男心一般にあてはめていいものだろうか。ミチルは首を傾《かし》げた。どっちにしろ、年頃の娘が親に恋の悩みを打ち明けるなんて、あり得ない。元女の子として、ミチルにはそれがわかる。

案の定、瑠璃は無愛想に「悩むってほどでもないよ。普通に付き合ってるだけ」

「普通って、どういうことだよ」

「ただの友達よ。やだなあ。自分はあっちにもこっちにも子供作ってるくせに、父親面していろいろ訊かないでよ」

おー、言ってくれましたね。ミチルは内心、拍手喝采。信光はさすがにしおれた。

「……ごめん」

さて、ここはわたしの出番でしょう。どう言ってとりなすか。言葉を探していると、信光が肩を丸めた低姿勢のまま、しゃべり出した。

「でも、父親面はさせてくれよ。ほんとに、心配なんだよ。お母さんとの結婚を守りきれなくて、悪かったと思ってる。でも、現実は変えられない。だからこそ、お父さんは一所懸命、お姉ちゃんたちと関わってきたつもりだ。二日二部制のクリスマスのときは、会社でプレゼント詰めるもんだから、ダディ古澤、奮闘してますねとか、下半身の不行跡に追い使われる哀れなピエロだって、面と向かって厭味言われたこともある。でも、そんなことは屁でもなかった。仕事は生活の手段てだけだ。お父さんが生きてきた証《あかし》にはならない。きみたちの父親だということが、お父さんのアイデンティティなんだよ。だから、できるだけ、きみたちと過ごしたんだ。クリスマスのことは、お姉ちゃんたちには中途半端な思いさせちゃったみたいだけど」

それは、そうだ。あれはこっちだって、複雑だった。プレゼントに目を輝かせる子供たちとそれ以上に嬉しそうにサンタを演じる信光の、まるでクリスマスカードみたいな家族のイメージ。いかにも幸せそうだが、信光は次のおうちでも同じ光景を繰り広げるのだと思うと、憎らしさがこみ上げてくる。

だから、いつからかミチルは、信光をサンタクロースだと思うことにしたのだ。子供の家から家を巡っては、プレゼントを置いて出ていく。サンタクロースは、おうちの人ではない。

でも、信光の思いは違った。

「お父さんは精一杯頑張った。希望があったからだよ。子供は大きくなると親を敵みたいに思うものだけど、小さいときの記憶って消えないからね。クリスマスにバカ親父が奮闘したことを、いつか思い出してもらえる。お姉ちゃんたちの思い出に、いつも俺がいるんだ。いくつまで生きるかわからないけど、最期の時に振り返ってみたとき、きみたちの父親だった、それだけがお父さんの——」

そこで言葉が途切れた。信光は審判を待つ被告のようにうなだれ、言葉を絞り出した。

「これがお姉ちゃんに言いたかったことだ。二十歳になった瑠璃に」

そのとき、瑠璃のバッグから携帯の着メロが響いた。何度聞いても覚えられないが、なんとかいうロックのヒット曲だ。瑠璃はさっとディスプレーに目を走らせると、立ち上がって応答しながら外に出た。

「男からかな」

父と娘の名場面をさらわれた信光は、不満もあらわにミチルに問いかけた。

「彼氏って言ってあげなさいよ」

「なに話してるんだろう」

信光は首を伸ばして、ドアの磨《す》りガラスごしに見える瑠璃の動きに目を凝らした。

「そりゃ、ブーちゃんが彼女と話すようなことよ」

「えー？」どんな心当たりがあるのか、信光は眉間《みけん》に皺を寄せた。

思ったより早く、瑠璃は戻ってきた。口元に笑みがある。優しいことでも言われたか。わかりやすい子だ。そして、座るやいなや「お父さんの言いたいこと、わかった。わかったから、先に出て、いい？」と、一人でまとめに入る。

「え、でも、これはお姉ちゃんの二十歳のお祝いで」

「だけど、友達が集まってるのよ。これが終わったら行く約束、もともと、してたんだ。だから」

「でも」

食い下がる信光に、瑠璃はニべもない。

「まだ言うこと、あるの。他にも兄弟がいるとか？」

ブハッと吹き出したのは、ミチルだ。これは一生言われるぞ。痛いところを突かれた信光は「お姉ちゃん、きついなあ」と、作り笑いでショックをごまかした。

「いいわよ。行きなさい。あんまり遅くならないようにね」

余裕の発言で送り出してやると、瑠璃は満面の笑みになり、パッと立った。そして、行きかけたところで振り返り、信光にともミチルにともつかず、言った。

「今の話、わたしがタカに話しとくよ。そのほうがいいと思う」

「いや、タカには時期を見て、お父さんが直接」

「わたしだけ知ってるなんて、イヤよ」急いでいる瑠璃は、信光にみなまで言わせない。

「一応長女だから、わたしが話す。タカも、あんまり驚かないと思うよ」

「そうかな」

希望半分不安半分の表情で、信光は訊いた。だが、瑠璃はもう心ここにない。

「大丈夫だって。ほんとにわたしたち、お父さんのこと恨んでないから、じゃね。これ、ありがとう」

片手につかんだプレゼントの袋を軽く振ったのが、今回のさよならの合図だった。

瑠璃が消えたあと、信光は「あ」と声をあげた。

「しまったあ。兄弟に会ってくれるように頼むの、忘れた」

「それは、全員に告白してからの話じゃない」

「むー。それもそうだけど、待ちきれないなあ。俺の夢なんだよ、みんなで過ごすの。キャンプ行ったり、海行ったり、誰かのバースデイパーティーには、みんな集合してさ」

「それなら、クリスマスも一回ですむしね」

ミチルが突っ込むと、信光は「それもある」と認めた。

「でも、巡回も面白かったよ。途中、駅のトイレで食べたもの吐いてるとき、俺は一体なにやってるんだろうと情けなくなったこともあった。だけど、やり遂げると達成感があってさ。今年も全部回った、エライって、夜空を見上げて自分を誉めてやったもんだ」

「なんか、わたしたちって、ブーちゃんの自己満足の道具みたいね」

「そんなこと、言わないでくださいよ」

信光は泣き声を作り、ミチルのグラスにワインを注ぎ足した。

「俺こそ、ミッちゃんの引き立て役だろ。子供にとってはやっぱり、たまにしかいない父親より、ずっとそばにいた母親のほうが大事だと思うよ。感謝もされてるだろうし」

「だけど、わたしは母親であることがアイデンティティだなんて、思わないな。男って、大変だね。生きるのにも、理屈がいるのね」

「理屈じゃないよ。保育園に迎えに行くとさ、向こうのほうからターッて走ってくるじゃない。それで抱きつかれると、もう、たまんないよ。あの感じは、他のものに代えられない」

つまり、たとえるなら、あなたにとっては子供が卵で、わたしや他の妻たちは卵についてる殻なのね。その程度のものなんだ。だけど。

「どうせ、さっきの瑠璃みたいに、抱きつかれるどころか避けられるようになるのよ」

「それでもさ。父親は父親だ」

あ、そ。父親であることがアイデンティティ。それがないと、自分自身のまとまりがつかなくて、バラバラになっちゃうんだ。男って、もろいから。

「ま、ブーちゃんはいい父親よね。どの子にとっても」

皮肉を交えて誉めてやると、信光の眼差しが一気に甘くなった。

「俺、ときどき思うよ。俺のこと一番愛してくれたのは、ミッちゃんなんじゃないかって」

ほら、これだよ。ミチルは苦笑した。

「なによ。また、わたしに子供産ませる気？」

「そうじゃないけど」

「あんまり、いい気にならないでよ。言っとくけど、わたしはよりを戻す気はないからね。また結婚するとしたら、今度はよそに子供作らない人とって決めてるんだから」

「――それらしいの、いる？」

「出会ったら、一番に教えてあげる」

「なんか複雑だな。聞いたら、むっとするかもしれない」

「欲張りね、ブーちゃんは」

憎めないやつだ。だが、別れたから、こうして笑って話せるのだ。夫だったら、憎んでも憎みきれない。

そうね。わたしの人生の傍役だと思えばいい。その目で見れば、滅多にいない貴重なボケ役だ。

ミチルは、告白を終えて気が抜けたのか、椅子にもたれてぼんやりしている信光を見つめ、還暦祝いの図を重ねてみた。サンタのような赤い装束の信光を囲む、瑠璃と貴光とその他の子供たち（よその子の顔は知らないから、とりあえずピンボケ）。

ミチル自身は、そこにはいない。集合記念写真の撮影者役を買って出るに違いないから。

その気になって、ミチルは片目を閉じ、架空のカメラを構えた。

「はい、ポーズ」

「ん？」

反射的に信光は、右手でVサインを作った。

あとがき――『愛の保存法』とは

普通、文庫本のこの部分には解説というのがつく。名のある作家や文芸評論家がこの作品と作者がどんなに素晴らしいか、通りすがりの読者にレクチャーしてくれるありがたい「おまけ」である。中には、解説を読んで購入するかどうかを決めるという読書家もいるらしい。だのに、本書には残念なことに解説がない。書いてくれる人がいなかったのである。仕方ないから、著者自ら解説をいたします。

本作は、女性向けユーモア小説作家を自称する平安寿子としては珍しく、全編、主役が男性の短編集である。とはいえ、そこは平の小説。全員がダメ男だ。そのダメぶりのバリエーションをお楽しみいただきたい。

ことわっておくが、平の小説はでっちあげではない。くっついたり離れたりを繰り返すばカップル。引っ越しばかりしているわがまま女とその荷造りにかり出されるヘタレおやじ。

出来心であっちこっちに作った子供に対し、もれなく家庭的であろうと奮闘する不徳の父親。ガールフレンドの母親の葬式を利用して急接近をたくらむ先走り男。年甲斐もなく軽薄な父親への反発から、四角四面に屈折した若年寄。浮世離れパワーで世渡りしていく変人。みんな、モデルがいるんだよ。ほんとですってば。

一般人くらい鈍感で図々しく、はた迷惑な存在はない。だからみんな、いつも、自分に迷惑をかけるアイツやコイツについての文句が絶えないのである。その証拠に、本作が単行本で発行されたあと、読んだ人のブログで多かったのは「いるいる。こんなやつ」という呟きだった。

そうです。はた迷惑なダメ男、傷つきやすさをアピールするわがまま女。世の中にゴロゴロしている、そんなおバカな男女のすれ違いコメディー。これのどこが『愛の保存法』?

その答えは、読んだあなたにはわかるはず。書店でこの部分を立ち読みしているあなた、このまま買わずに帰ったら、愛情方面に危険信号がともるかも。

財布からお金を出して本文庫をお買いあげくださった方の幸せを、平、心からお祈り申し上げます。買わなかった人のためには、祈りません。当たり前でしょう。生活がかかってるんですから。まったく、小泉改革のおかげで住民税があんなに……。物価もじりじり上昇中で、このままじゃ、わたしもワーキング・プアに……。

あら、何の話だったかしら。そうそう。『愛の保存法』です。

かくのごとく、厳しい世間で生きる社会人のみなさんに、くすっと笑える数時間を提供したい。それが平の願いです。ちょっぴり、しみじみなんかもします。でも、しゃがみこんで泣きたい人には向きません。泣くのより、笑うほうが好きな人。ご一緒しましょ。

二〇〇七年十二月

平　安寿子

二〇〇五年十二月　光文社刊

初出誌「小説宝石」（光文社）
愛の保存法……………二〇〇四年一月
パパのベイビーボーイ……二〇〇三年三月
きみ去りしのち…………二〇〇四年八月
寂しがりやの素粒子………二〇〇一年十一月
彼女はホームシック………二〇〇二年四月
出来過ぎた男……………二〇〇五年十一月

光文社文庫

愛《あい》の保《ほ》存《ぞん》法《ほう》

著者　平《たいら》安《あ》寿《す》子《こ》

2007年12月20日　初版1刷発行

発行者　駒井　稔
印刷　堀内印刷
製本　明泉堂製本

発行所　株式会社　光文社
〒112-8011　東京都文京区音羽1-16-6
電話　(03)5395-8149　編集部
8114　販売部
8125　業務部

ISBN978-4-334-74347-5　Printed in Japan

お願い　光文社文庫をお読みになって、いかがでございましたか。「読後の感想」を編集部あてに、ぜひお送りください。

このほか光文社文庫では、どんな本をお読みになりましたか。これから、どういう本をご希望ですか。

どの本も、誤植がないようつとめていますが、もしお気づきの点がございましたら、お教えください。ご職業、ご年齢などもお書きそえいただければ幸いです。当社の規定により本来の目的以外に使用せず、大切に扱わせていただきます。

光文社文庫編集部

新津きよみ　イヴの原罪
新津きよみ　そばにいさせて
新津きよみ　彼女たちの事情
新津きよみ　ただ雪のように
新津きよみ　氷の靴を履く女
新津きよみ　彼女の深い眠り
新津きよみ　彼女が恐怖をつれてくる
新津きよみ　信じていたのに
新津きよみ　悪女の秘密
仁木悦子　聖い夜の中で　新装版
乃南アサ　紫蘭の花嫁
藤野千夜　ベジタブルハイツ物語

前川麻子　鞄屋の娘
前川麻子　晩夏の蝉
前川麻子　パレット
松尾由美　銀杏坂
松尾由美　スパイク
松尾由美　いつもの道、ちがう角
三浦綾子　新約聖書入門
三浦綾子　旧約聖書入門
三浦しをん　極め道
矢崎存美　ぶたぶた日記《ダイアリー》
矢崎存美　ぶたぶたの食卓
矢崎存美　ぶたぶたのいる場所

光文社文庫

CONTENTS

※本作品の内容は全てフィクションです。

一瞬の無言の緊迫が空気を凍らせたあとには、ざわざわと潮騒《しおさい》のような低い囁《ささや》きが押し寄せてきた。

「ちょっと……あれ」

「嘘ぉ！　……信じられない」

「どういうことだ？」

「いったい、何があったんだ？」

☆

天宮《あまみや》グループ本社ビルの一階ホールには、まだ出勤途中の社員が数多くひしめいていた。すでに入念な化粧直しを済ませたカウンターの女性二人が、押し殺した悲鳴を上げて目を瞠《みは》る前では、いかにも仕立のよさがわかるかっちりしたスーツ姿の中堅社員数名が、困惑に眉を顰《ひそ》めてひそひそと耳打ちし合っている。

ほぼ間違いなくホールにいる全員の注目を集めた先を、真っ白な男がふわふわと歩いていた。小柄で華奢《きゃしゃ》な体つきをスタイルよく見せるいっそう小さな頭は、まっすぐに目的方向しか見ていなくて、しかも何か考え事でもしているように上の空だった。おかげで、自分に集中している無数の驚愕《きょうがく》のまなざしにもいっこうに気づく様子もない。

肌の色が白い。透きとおる無垢な白さは、日本人の持つ象牙色の艶とはまったく異質なものだった。細《ほ》っそりとした肩先にふんわり揺れる髪は、鮮やかなシルバーグレー。どこか茫洋《ぼうよう》と夢見るような瞳の色も淡いグレーで、一切の色彩が欠落したその容姿は、いっそ近づきがたいほどの清浄《せいじょう》で神秘的な雰囲気を漂わせた。

その整いすぎて人形めいたおもてに、薄紅の花が綻《ほころ》ぶような愛らしい唇が少女みたいな甘さを加えていて、おっとりと落ち着いた物腰のわりに男を年齢不詳にしてしまう。

おぼつかない足取りは、ずらりと並んだエレベーターの一番奥で立ち止まった。

天宮グループ本社ビルのエレベーターには、一般社員は使えない重役専用のものがいくつかある。男はそのうちのひとつに、迷うこともなく乗り込んだ。

階数を指定するまでもなく、それは地下三階の『インフォメーション・コンサルティング・ルーム』に直通している。『インフォメーション・コンサルティング・ルーム』——社員には、略して『ICルーム』と呼ばれている。文字通り、全世界に散らばる天宮グループ全社の情報の中枢《ちゅうすう》だった。

純白の美貌《びぼう》を持つ彼、神住忍《かすみしのぶ》は、この『ICルーム』の室長であり、グループを統括《とうかつ》する会長、天宮義人《あまみやよしと》の懐刀でもある。

地下三階のエレベーターホールと部屋を遮る無機質な廊下の壁は、中の様子がひと目でわかるようにガラス張りになっている。その光景は、オフィスと言うよりもどこか研究室めいてい